봄의 소원

소개의 말

'봄의 소원'은 이런 분들께 추천합니다.
한번 읽기 시작하면 눈을 뗄 수 없는 책을 찾는 분.
적당히 자극적이고 흥미로운 이야기를 찾는 분.
영화처럼 장면이 몰아치는 소설을 찾는 분.
작은 의미들이 담겨 있는 글을 찾는 분.
위와 같은 소설은 읽고 싶은데 한 이야기를 한 권 내내 읽을 자신이 없는 분.

'봄의 소원'은 이런 책입니다.
마냥 어둡지도, 밝지도 않습니다. 또 알아듣지 못할 정도로 신박하지도 않습니다. 적당히 어둡고, 밝으면서 있을법한 이야기들입니다.
누군가에게는 영화처럼 장면들이 몰아칠 것이고, 다른 누군가는 이야기에 담긴 뜻을 해석하기에 바쁠지도 모릅니다.
다만, 이건 **'재미'** 있을 겁니다. 잘 읽히고 한번 읽기 시작하면 눈을 떼지 못할 겁니다. 소설 속 작가의 의도를 찾아보세요. 재미만 있는 책이 아니란 걸 알게 될지도 모릅니다.

또 다른 소개의 말

벌써 두 번째 소개의 말을 쓰게 됐습니다.
첫 번째 책 '낭만을 팝니다'에 한 자 한 자 정성스레 적은 저희의 소년·소녀 감성이 어떻게 눈에 맞으셨는지 모르겠습니다.
'낭만을 팝니다'에는 편지도 있고, 운세도 있고 별의별 낭만들이 들어있던 것에 비해 이번 책은 너무 달라 같은 양버터와 루미칠리가 맞나 싶으실지도 모릅니다.

저희는 첫 번째 책을 만들면서 작은 철학을 가지기로 했습니다. '재밌는 책을 만들자!' 이것이 저희가 책을 만들면서 한 번씩 되뇌는 주문이자 작은 철학입니다.
봄의 소원 또한 그것에 맞춰 재밌는 책을 만들기 위한 양버터와 루미칠리의 귀엽지만 나름 원대한 목표가 담긴 날갯짓으로 봐주시길 바랍니다.

책을 읽어주시는 모든 분과 그 가족, 친구, 이웃, 동료 그뿐만 아니라 소개의 말만 읽어주시는 분들까지도 봄의 분홍이 스며들기를 기원합니다. 감사합니다.

1. 흔한 살인

2. 봄의 소원

3. 다섯 용사

4. 그리움 × 2

5. 내셔널 스탠다드 메리지

.. 9 p

.. 39 p

.. 61 p

.. 79 p

.. 107 p

1. 흔한 살인

이번 명절 연휴는 너무나 길었지만, 사랑하는 그와의 추억을 쌓기에는 짧디짧았다.

주말부터 쉬면서 월요일까지 대체 휴무라니, 내리 6일을 쉬는 황금연휴였다. 토요일에는 친한 동생이 놀러와 함께 마라탕도 먹고, 집 근처 베이글 카페에 들러 한국인답게 후식까지 탄수화물로 마무리했다. 호준이 오빠는 마라탕을 별로 좋아하지 않았지만, 연휴라고 들떠서인지 군말 없이 맛있다고 맞장구치며 이쁘게도 먹어주었다.
덕분에 동생은 언니가 이렇게 다정한 남자와 살고 있구나 싶어 차디찬 고속버스 좌석과는 반대로 훈훈한 마음을 안고서는 떠나갈 수 있었으리라.
"오빠, 고마워. 동생이랑 나 맞춰주느라 고생했어! 저녁에는 우리 호준이 좋아하는 햄버거 먹을까?"
"아냐, 마라탕 오늘은 맛있더라고. 헐! 저녁에 햄버거? 좋지!

단순하지만 배려심 있고 다재다능한 이 남자 덕분에 신혼은 꽤 낭만 있었다.
오빠의 본캐는 트럭 기사다. 지금은 25톤 탱크로리에 처음 들어보는 액체를 가득 싣고서 화학공장으로 열심히 나르는 일을 하고 있다. 때문에 이번 연휴도 다 쉬지는 못하고 명절날 공장에 출근해야 한다고 했던 거 같다. 시간에 쫓기며 지루하고 위험하기만 한 운전을 하면서도 출근길에는 매일 같이 통화를 했고, 서로 주고받는 연락에는 틈이 없었다. 어디 학원에 다정함을 가르치는 강사를 구인한다면 내가 대신 신청해 주고 싶을 정도였다.

그리고 대망의 부캐는 독립 출판 작가이다. 트럭커라는 본업과는 너무나 상반된 부업이다. 얼마 전 '낭만적으로 푼돈 벌기'라는 우리 신혼 전까지의 이야기를 에세이로 엮어 책을 냈다. 정말 제목답게 징하게 돈 안 되는 짓을 많이도 했다. 덕분에 재밌긴 했으니깐. 거기다 이렇게 책까지 내신 덕에 어디 가서 '우리 남편 작가야!'라고 말할 타이틀도 생겼으니, 허세와 낭만에 있어서는 한결같은 사내다. 내일은 한 독립 서점과 미팅까지 한다고 따라가게 생겼다. 참, 이 남자의 낭만 덕분에 이 나이를 먹고도 괜스레 설레져 버릴 때가 한두 번이 아니라니깐.

오랜만의 나들이를 즐기는 우리의 자세는 스펀지가 물을 흡수하듯 아주 알짜배기만 쏙쏙 빨아들였다. 후기를 열심히 뒤져보고 찾아간 이태리 레스토랑은 얼마 만인지. 뇨키의 쫀득한 식감마저 잊고 살던 우리다.
"미루야, 아니 이거 식전 빵인데…. 내가 먹어본 마늘빵 중에 최고로 맛있는데?"
"미루야, 그리고 이것 좀 먹어봐. 흑임자 소스도 특이해. 여기 잘 골랐다."
후후, 내 앞에서 작은 새들이 쨱쨱이듯 요리를 먹으며 연신 감탄하는 그가 귀엽기만 하다. 이태리 요리가 이제는 집에서 하기 쉬워지니 "이정도 맛은 내야 밖에서 사 먹지!"라고 평가하는 사내 덕에 괜스레 '그렇게 맛있나?' 하며 이미 가득 찬 배에게 미안하게도 한 스푼 더하게 됐다.
밥을 먹고 소화도 시킬 겸 근처에 새로 생긴 소품샵들을 구경하며 알뜰살뜰히 가격 비교도 하고, 몇 번이나 들었다 놨다 하며 망설이다가 결국 제자리에 놔뒀다. 출근 후 점심 메뉴보다 더 고민하는 나를 보던 오빠는 "오늘 책 팔고 정산받은 돈으로 사고 싶은 거 다 사!"라는 낭만적인 말을 내뱉었다. 그의 터프함에 열렬한 지지와 환호를 보내며 내려놓았던 것들을 다시 열심히 담았다. 우리의 목적인 독립 서점에는 마지막에 방문했는데 그곳에서 너무도 감사히 선물도 왕창 받고 호프라는 가수의 LP앨범도 받았다. 우리 오빠는 그 와중에 처음 들어보면서 호프라는 가수를 아는 척하기에 바빴다. 정말이지 저 허세 이제는 귀엽다 귀여워.

명절 당일에는 오빠가 출근해야 해서 우리 집도 시댁도 가지 않기로 했다. 대신 명절 전전날에는 우리 집에, 전날에는 시댁에 인사드리고 전을 부치기로 했다. 언제나 유쾌하고 유머가 넘치는 내 남자는 어디를 가도 환영을 받았다. 그것은 엄하기로 소문난 우리 엄마에게도 마찬가지여서 엄마에게 처음 그를 소개해 주던 날 '안 좋게 보면 어떡하지'라며 떨었던 것이 믿어지지 않을 정도로 잘 지내고 있다.
"호준이 왔니? 오는데 길은 안 미끄러웠고?"
"그럼요. 어머님, 잘 지내셨죠? 자주 인사드리고 어머님 모시고 마실도 다니고 해야 하는데 제가 요새 바빴습니다."
"어휴, 아냐 아냐. 근데 우리 일본 또 언제 가지? 다음 달에 갈까?"
오랜만에 보자마자 해외여행부터 물어보는 엄마가 귀여웠다. 저번 여행이 정말 즐거우셨나? 작년에 오빠와 우리 부모님을 모시고 일본을 갔던 적이 있다. 그곳에 있던 전망대 타워에서 다 같이 사진을 찍어야 한다고 넉살 좋게 웃으며 엄마 아빠를 설득한 오빠 덕에 얼마 만에 우리 가족 사진을 찍었는지 모르겠다. 그때 생각하면 괜스레 코끝이 찡한게 뭐 나도 갑자기 효녀가 된 거 같고, 이 감정이 살짝 낯설지만 나쁘지는 않았다. 여차저차 집에서 육전과 버섯전을 부치고 한가득 싸서 겨우 집에 돌아왔다. 우리가 집에 도착할 때쯤부터 눈이 많이 왔다. '오늘 눈 온다더니 정말 많이 오네? 내일 시댁에 가야 하는데….' 그나마 다행인 건 눈이 오다 말다 해서 차가 다닐 정도는 되는 거 같다는 정도? 사실 이 정도여도 안 가는 게 맞지만 장장 8만 원에 달하는 떡케이크를 미리 주문 해놔서 발을 뺄 수가 없었다. 무조건 고!

새벽부터 케이크를 찾아서 시댁으로 출발하였다. 전날 눈이 많이 와서 긴장했지만, 그 덕 인지 오히려 고속도로에 차가 많이 없어서 운전하기 수월해 보였다. 오빠는 그 와중에도 요즘 오디오북으로 듣는 추리 도서를 틀었는데 역시 언제 어디서나 재미를 찾는 능력이 탁월했다. 옆에 꼭 붙어 있으면 평생이 재밌겠지. 두 시간 정도 달려 시댁에 도착하여 열렬한 환영을 받았다. 특히 어머님이 소녀처럼 밝게 웃으시며 반겨주시는데 다육이 처럼 물기 하나 없던 내 눈가에 괜스레 무언가가 차올랐다. 너무나 따뜻한 분. 그런 어머니 품에 자란 오빠라서 다행이다. 시댁에서 차려 주신 밥을 먹고 미리 준비해 온 위스키와 음료를 섞어 하이볼을 만들어 시댁 식구들과 함께 마셨다.
"오빠, 이따 운전해야지 그만 마셔."
"위스키라서 뒤끝도 없고 한숨 자면 금방 깨. 걱정마셔."
"그래, 호준아 미루 말 들어야지. 그만 마셔!"
"벌써부터 올케 말 안 들으면 어떡해! 양호준 너 그만 마셔."
"아이고 엄마, 누나 때문에 못산다 못살아. 알았어! 이것만 마시고 안 마실게."
오빠는 다 좋은데 술맛을 제대로 알고 있어서 문제다. 술로 문제를 일으킨 적은 없지만, 가끔 술을 먹다 보면 제어하지 못하고 술이 동이 나든 자신이 취해서 잠이 들든 해야 끝났다. 오늘도 어머님과 형님이 말리지 않았다면 거나하게 취해서 하루를 자고 갔겠지?

"오빠, 괜찮겠어? 조금 더 쉬었다 갈까? 아니면 아예 자고 갈까?"
"괜찮아 괜찮아. 낮잠 좀 잤더니 다 깼어! 걱정 마셔. 휴게소 가서 호두과자 하나 먹고 얼른 집 가자."
"알았어. 그럼 어머님께 말씀드리고 가자."
우리들이 가져갈 음식들을 반찬통과 보자기에 연휴 동

안 최소 3킬로는 찔 만큼 꾹꾹 눌러 담아 싸주시는 어머님께 다가가 인사드렸다.
"어머님, 저희 이제 갈게요. 오늘 음식 하시느라 너무 고생하셨어요. 다음에는 같이해요. 제가 조금 더 일찍 올게요."
"아니다 아니야. 그냥 오는 것만 해도 얼마나 이쁜지 몰라. 너희는 이렇게 와서 밥만 먹고 가면 돼. 우리 며느리 고생시키면 안 되지. 암. 이거 음식들 들고 어여 조심히 가라."
"예…? 어머님 아니에요…. 아 괜히 너무 죄송스러운데…. 음식 잘 먹을게요! 너무 감사해요. 형님도 다음에 봬요."
"이제 올케라고 해도 되죠? 말 편하게 할게요. 올케도 조심히 가고! 양호준 너 운전 똑바로 해!"
"아휴, 알았어. 다들 건강하고, 가기 전에 엄마 한 번 안아줄게요."
"어이구 그래도 아들내미밖에 없네."

우린 계획대로 예천 휴게소에 들러 커피와 호두과자를 샀다. 뜨겁다 못해 앙금이 녹아 물처럼 흘러 내릴 기세로 덤벼드는 호두과자를 한입 베어 물고는 서로를 바라보며 입을 모았다.

"진짜 맛있다!"

집에 와서 오빠는 밀린 게임을 하기 위해 오랜만에 게임기를 켰고, 나는 그에 맞춰 밀린 다이어리 꾸미기를 위해 책상 위에 문구용품과 스티커들을 한가득 세팅했다. 각자의 시간을 가지며 새벽이 되자마자 나는 슬금슬금 침대로 기어가 아직도 침대에 누워서 게임을 하고 있는 그의 품을 파고들며 "쟈쟈"라고 혀짧은 소리를 냈다.

.
.
.

(쾅!!!)

새벽에 뭔가 부딪치는 큰소리에 놀라서 깼다. 옆에서 아직도 곤히 자고 있는 오빠를 살피고 거실에 나가 커튼 사이로 도로를 보니 그저 눈만 보일 뿐이었다. 내가 꿈이라도 꾼 건가? 잘못 들었을까?

그나저나 새벽에 내린 눈이 어마어마했다. 이제까지 내린 눈은 예고편에 불과했다는 듯 폭설의 연속이었다. 밖을 내다보며 뉴스와 인터넷 등을 찾아보고 있는데 내 부스럭거림에 깬 오빠가 다가왔다.

"오빠, 미쳤는데? 저기 차 봐봐. 가다가 섰어. 출근하겠어?"
"그러게…. 회사에 전화해 봐야겠다. 진짜 무서운데…. 잘 못 가다가 뒤집어지겠는데?"
회사 실무자와 통화 후 오늘 출근 안 해도 된다며 소리를 지르며 좋아하다가도 대신 내일이랑 내일모레 이틀간 잔업 운행을 해야 할 거 같다며 시무룩해지기도 했다. 귀여운 우리 오빠.

우리는 눈도 오겠다. 신이 나서 장갑과 부츠까지 야무지게 신고 이번에 새로 산 눈오리 집게의 성능을 시험해 보러 나가기로 했다. 이미 아파트 앞에는 아이들로 북적였고, 눈은 발목이 잠길 정도로 푹푹 들어갔다. 그나마 통로는 '나 그래도 제설은 했어'라는 티를 내듯 다른 곳보다는 눈의 양이 적게 쌓여있었다. 사실 지금의 눈을 봤을 때는 제설을 조금씩 해둬야 하나 싶었지만, 뭐 눈이야 내일이면 그치겠지 싶어 금세 잊혀졌다. 이런 특이한 기상일 때는 제대로 즐겨줘야 하는 법. 뉴스에서도 몇백 년만의 폭설이라고 한창 떠들고 있었다. 아니 생각해 보면 앵커들은 어떻게 출퇴근하는 거지? 눈 위를 걷기라도 하나? 실없는 상상과 눈오리는 환상의 조합이었다. 20개를 훌쩍 넘게 만들어 소대를 완성

해 갈 때쯤 그가 소리 질렀다.
" 으아아아! 눈사태다!"
"아씨! 오빠! 죽을래?"
그가 눈사람처럼 눈을 크게 뭉쳐서 내가 만든 눈오리 위에 내던져 재앙을 만들어 버렸다. 눈오리를 덮치던 불가항력적인 재앙이 괜히 사람들에게 현실이 될까 봐 무섭다는 상상을 하다가 퍼뜩 정신을 차렸다.

눈사람 놀이 후에 우리는 이럴 때일수록 아프면 안 된다는 말을 주고받았고 손, 발 씻는 법을 어린이집 선생님께 처음 배운 아이들처럼 열심히 닦았다.
"오빠, 치킨 땡기지 않아? 오늘 흔한콤보 먹고 싶은데…."
"나도 먹고 싶지…. 근데 눈이 이런데 배달이 될까? 아니 가게가 열었을까?"
"배달 어플 한번 봐봐 오빠. 배달비 만 원 받더라도 그냥 시키자. 명절이니깐 응?"
"알았습니다요. 배달비 뭐 만원이어도 이 눈 뚫고 오는 거면 싼 거지. 한번 봐볼게."
우리의 기대와는 다르게 역시나 가게들은 영업 준비 중으로 뜨고 있었고, 다른 치킨집이나 모든 배달 음식점도 상황이 마찬가지였다. 그래도 우리에게는 집과 시댁에서 가져온 반찬들로 풍족하긴 해서 굳이 시켜 먹지 않아도 될 거 같았다. 거기다 집 앞 편의점에서 과자랑 맥주 몇 개 사오면 치킨은 생각도 안 나겠지. 가만, 집 앞 편의점은 열었을까?

연휴 마지막 날의 아침이 밝았지만 눈은 지금까지도 계속 오고 있었다. 이거 조금 위험한 거 같은데….
"미루야, 눈 아직도 와?"
"응…. 좀 심각한 거 같은데? 뉴스 볼까?"
너튜브를 이용하여 실시간 속보를 트니 뉴스룸이 아니라 가정집에서 진행이 됐다. 그래도 서재가 있는 집은 덜 어색한 편이었다. 누가 봐도 안방으로 보이는 곳에 책상을 두고 있거나 아이들 책상에 앉아서 진행하는 전문가들도 있었다. 전문가들이 휴대폰이나 카메라에 대고 의견을 말하면 방송에 송출되는 형식인 게 너튜버 그 자체였다. 폭설로 다들 출근을 못 해서 일어난 일인 듯했다.
파란 구름과 흰 구름 벽지로 도배된 곳에서 몸에 맞지 않는 아이들 책상에 앉아 어딘가 불편해 보이는 앵커가 물었다.
"현재 폭설에 대해서는 교수님끼리 의견이 분분하다는 얘기가 있습니다. 어떤 의견들이 오가고 있나요?"

아이들 책상에 화답하듯 소금, 후추 등 양념통이 가지런히 놓여있는 거실 식탁에서 전문가는 대답했다.
"폭설의 이유에 대해서는 아직 조심스럽습니다. 다들 아시다시피 이상 기후변화를 저희도 가장 크게 염두에 두고 있는 상황입니다. 그리고 앞으로의 예보에 대해서도 조심스럽긴 마찬가지입니다. 얼마나 더 내릴지보다 중요한 것은 온도의 하강입니다. 현재 온도가 계속해서 내려가고 있어 눈이 녹질 않고 있습니다. 온도의 하강으로 인하여 눈이 멈춘다 해도 당분간은 지금 온 눈만으로 도시가 마비되기에는 충분합니다."
그렇다. 지금이야 눈에 집중되어 있어서 몰랐지만 온도는 계속해서 내려가고 있었다. 오늘만 봐도 벌써 영하 14도를 가리키고 있었다. 그래도 아직은 보일러가 돌아가니 다행이다. 오빠와 내가 꽁꽁 얼어서 올라프가 되기 전에는 이 문제들이 해결되겠지.

며칠이 지났다. 집에서 가져온 반찬들은 이미 동이 났다. 그나마 냉장고에는 쌀과 김치, 냉동실에는 닭가슴살, 베이글, 홍시, 붕어빵 등이 있었고 과자도 조금은 있었다. 뉴스는 며칠 전처럼 집에서 인터뷰 형식으로 진행이 되었고 재난 문자는 누가 보내는지는 몰라도 꾸역꾸역 계속해서 오고 있었다. 심지어 이제는 주의

형식이 아닌 새로운 형식의 글귀를 보내기도 했다.
'살다 보면 힘이 듭니다. 그래도 살다 보면 해가 뜨는 것을 보니깐 살아지는 겁니다. 이번 겨울이 눈치 없이 조금 길게 머물려고 합니다. 하지만, 그만큼 우리의 봄은 길게 머물면서 우리의 얼었던 곳곳을 녹여주고 갈 겁니다. 봄을 맞이할 준비를 하세요. 얼마 남지 않았습니다.'
그래. 살아야 한다. 나는 호준이 오빠와 함께 살아서 봄을 맞이할 것이다. 누구보다 화창하게.

소파에 함께 누워 맥주와 과자를 가슴에 안고 밀린 OTT 영화들을 도장 깨기를 하듯 하나씩 격파해 갔다. 내 주 장르는 로맨스 코미디였는데 요 며칠 오빠 덕에 홍콩 액션을 좋아하게 됐다. 어릴 적 아빠가 틀어놓은 중국 무협 드라마를 보기 싫어서 득달같이 리모컨을 뺏었었는데, 이제서야 아빠의 재미를 내가 이해했다. 이런 재난 상황에서 할 말은 아니지만 '아빠 그때 리모컨 뺏어서 죄송했어요'라고 속으로 사과드리고는 오빠와 투닥이며 이 영화는 어떻네 저떻네 하며 떠들어 댔다. 갑자기 그는 영화속 주인공이 혼자 춤을 추는 장면을 따라 해보겠다고 맥주를 집어 들더니 흐느적거리기 시작했다.

"푸하하하 오빠, 어떤 주인공이 그렇게 멋없게 춤을 춰. 진짜 춤 못 춘다! 우리 오빠 나이트는 가봤어?"
"원래 이렇게 살짝 어설프게 춰야 더 눈길이 가는 거거든? 뭐 알지도 못하면서."
"오구 오구 재난 상황에 삐지기도 하고, 우리 오빠가 뉴스에 나와야 하는데!"
한바탕 후 그는 이때가 기회라며 두 번째 책을 써야겠다고 사놓고 방치해뒀던 책들을 읽기 시작했다. 나도 오빠 따라 책도 읽고 다이어리도 쓰면서 또 질리면 애니메이션을 붙잡고 시간을 보냈다. 아니 눈 내리는 재난 이거 꽤 낭만적인데?

·
·
·

일주일이 지났다. 이제는 술도 과자도 심지어 작은 사탕마저도 떨어져 오늘부로 집에는 아무런 먹을 것도 없다. 거기다 알코올 금단 현상을 겪는 오빠까지.
뉴스는 이제 나오지 않는다. 보일러도 뉴스와 세트인 것 마냥 뉴스가 나오지 않을 때쯤 가동을 멈췄다. 휴대폰도 꺼져서 재난 문자가 오는지 확인 할 수 없다. 눈은 이제 우박이 되어버렸는데 깨진 유리 조각처럼 날

카로운 우박이 하늘에서 떨어졌다. 밖에 주차된 차들이 깨지고 박살 나면서 비상음이 울리고 꺼지기를 반복한 게 몇 번인지 모르겠다. 이제 오빠는 웃지를 않는다. 며칠 전까지도 이 상황에서 맥주 한 모금에 춤까지 추며 낭만적이던 그는 술이 다 떨어짐과 동시에 낭만과 여유를 잃었다. 오늘부터는 정말 굶어야 하는데…. 큰일이다.

연휴부터 몇주가 넘게 지났을 무렵 이제는 결단을 내려야 했다. 유리 같은 우박에 머리통이 꿰뚫리던 굶어 죽든 아니면 아파트 앞의 편의점이라도 털든 해야 했다. 우박이 내린 시점부터 나갔다 오겠다는 오빠를 극구 말렸던 나다. 하지만, 이제는 한계다.
"오빠, 우리 이제 더는 방법이 없어. 어떻게 하는 게 좋을까?
"그럼 나가서 저기 앞 편의점이라도 가볼까? 진작에 털린 거 같기는 한데 그래도 조금이라도 남아 있지 않을까? 사실…. 나 더 이상 못 버티겠어. 저기가 아니더라도 내가 다른 데라도 가서 뭐라도 가져올 테니까 나 그냥 나가게 해줘…. 제발…. 내가 나는 굶더라도 너는 뭐라도 먹일게. 내가 술 먹고 싶어서 그런 거 아니고 제발 너 굶는 거 괴로워서 그래 응???"

그도 술을 먹고 싶은 간절함이 한계에 다다른 거 같다. 버릇처럼 그를 막고자 하던 나는 참기로 했다. 그도 그의 삶을 선택할 권리가 있기에.
"알았어. 오빠, 그럼 같이 나가자. 같이 나가."
"아냐! 그냥 나 혼자 다녀오는 게 편해. 그냥 혼자 다녀오게 해줘!"
"하…. 알았어. 그럼, 진짜 조심해서 다녀와. 꼭 와야 해. 알았지?"
"알았어! 조금만 기다리고 있어. 금방 올게!"
나의 호준이 오빠는 그렇게 집을 나가고 며칠이 지나도 돌아오지 않았다.

이제는 나도 더 이상 견딜 힘이 없다. 이 괴로움을 참느니 그냥 나가서 유리처럼 날카로운 우박에 몸을 맡겨야겠다는 생각이 들었다. 우박을 대비하기 위해 머리에 제일 튼튼한 냄비를 얹고 테이프로 머리와 턱을 칭칭 감았다. 어깨와 다리에도 집에 있는 에어캡과 다이어리 커버 등 온갖 두꺼운 거로 칭칭 감았다. 물론 중간에 테이프가 다 떨어져서 한쪽 다리와 팔은 대충 커튼으로 묶어놨다. 이제 나가야 한다. 뭐라도 먹을 걸 찾아야 한다. 내가 살아야 오빠를 찾는다고 다짐하며 집을 나섰다.

집을 나선 순간 운석이 지구를 강타하듯 닿는 족족 박힐 것처럼 날이 선 우박이 곳곳에 쏟아지고 있었다. 창문 밖으로 볼 때는 몰랐는데 이것들 하나하나가 너무나 날카롭다. 몸에 닿으면 깊숙이 박혀버릴 것만 같다. '과연 이걸 냄비를 썼다 한들 맞아도 될까?' 싶었지만, 나의 이성은 이미 반쯤 봄을 찾아 멀리 떠나버리고 없었다. 정말 오랜만에 아파트를 나서기 위해 한 발짝 내딛던 순간이었다.

(으⋯. 으흐⋯. 아,아인 돼⋯. 머,미우야⋯.)

무슨 소리가 들린 거 같아 주위를 두리번거렸지만, 주변에는 떨어지는 우박뿐이 보이지 않았다. 내가 잘 못 들었나? 우박을 막고자 두 팔을 엑스자로 교차하여 머리 위에 올리고 뛰기 시작했다. 목적지는 저 앞 편의점이다.

(주,죽으면 안 돼!! 재발!! 살아야 돼!!!)

또다시 무슨 소리가 들렸다. 하지만 이미 피투성이가 된 팔로 인하여 정신이 없었기에 우선 편의점으로 피하고 보자는 생각으로 다시 달렸다.

(선생님. 정신 차리세요! 선생님! 다행히 아직 맥박은 있네. 김 소방사 태우자. 이 소방장 가까운 응급실 좀 알아봐! 저,저도 같이 가도 될까요?? 어떻게 되시는데

요? 남,남편입니다. 타세요.)

아까 같은 이상한 소리가 들리더니 이번에는 갑자기 세상이 양쪽으로 흔들렸다. '피를 너무 많이 흘렸나…. 어지럽고 왜 자꾸 헛소리가 들리지.'

편의점 가는 길 중간에 있는 아파트 자전거 거치대 지붕에 몸을 숨기고 잠시 숨을 돌렸다. 몸을 살펴보니 팔다리 할 것 없이 온몸이 피투성이였다. 숨을 고르고 다시 달리려는 찰나 또다시 소리가 들려왔다.

(간호사님, 상황이 어떤 가요??! 살 수 있을까요??! 살 수 있겠죠???!)

이건 도대체 어디서 들려오는 소리일까? 목소리가 오빠와 참 닮았네. 너무나 듣고 싶었던 그의 목소리를 들으니 감정이 북받쳐 눈물이 났다. 내용은 아무래도 상관없었다. 오빠의 목소리라는 게 중요했다. 진심을 다해 사랑하던 이의 절박한 목소리에 나도 모르게 대답해 버렸다.

"호준 오빠, 난 괜찮아."

다시 원래의 목적지인 편의점을 향해 뛰는 순간 머릿속에서는 호프의 'Good News'가 들려오고 있었다. 2주 전에 독립 서점에서 처음 들어봤던 노래인데 나의 마지막 순간을 함께 하고 있었다. 매일 18번이라고 인생곡이라고 외쳤던 것들은 내 곁에 없었다. 마치 바스러지고 뭉개진 채 연기처럼 사라진 오빠같이 말이다.

· · · ·

(이봐요!! 이봐요! 정신 차려보세요! 김쌤 다른 쌤들좀 불러와 봐요.)

오늘따라 응급환자가 너무 많았다. 당직실에 숨어서 맥주라도 한잔할라치면 휴대폰이 울어댔다. 하, 명절날 당직 서는 것도 서러운데 바쁘기까지 하다. 역시 빨간 날은 괜히 빨간날이 아닌가? 마가 끼어서 아주 무서운 색인 빨간색으로 칠한 것일까? 뛰어가면서 별생각을 다 한다. 지금 들어온 환자는 매우 큰 트럭이랑 교통사고가 나서 차가 완전히 박살이 났고, 몸에 박힌 차 유리 파편들로 인해 심각하다고 한다.

(다들 여기 민군대역 들어봐요. 이 남자 침대에 눕히게. 하나! 둘! 셋!)

생각을 정리 할 때쯤 이미 병원 침상이 응급실을 향해 달려오고 있어 잽싸게 침상 한쪽을 같이 잡고 뛰었다.

(지금 쓰러진 남자는 누구예요? 교통사고 나서 방금 수술실 들어간 여자 보호자인가 봐. 그 여자 차 유리 파편에 좀 심하게 다친 거 같던데…. 하여간 우선 이 남자부

더 응급실로 옮기자.)

신경 쓰이게 자꾸 무슨 소리가 들렸지만, 애써 무시한 채 맞은편 간호사에게 물었다.
"간호사님, 상황이 어떤가요?"
"환자가 구급차에서는 맥박이 있었다고 하는데 병원에 들어오고 나서 맥박이 없습니다."
환자의 상태를 보고자 얼굴을 본 순간 나도 모르게 입이 파르르 떨리면서 눈물이 핑 돌았다. 왜 이러지. 왜 이렇게 먹먹한 걸까? 생각을 추스르기도 전에 맥박이 멈췄다던 그녀가 눈을 뜨고 나를 보며 마지막 숨을 담아 말했다.
"호준 오빠, 난 괜찮아."
그 말만 남겨 놓고 그녀의 숨은 완전히 멈췄다.

•
•
•

"환자분 정신이 드세요?"
'방금 무슨 꿈을 꾼 거 같은데. 여기는 어딜까? 내가 왜 이런 곳에 누워있지?'
"환자분 정신 드시냐고요. 환자분!"
"네?! 네…. 여기 병원인가요?"

"네, 맞습니다. 잠시만요. 담당 선생님 금방 오실 거예요."
그렇게 의사와의 면담이 끝난 후 다시 정신을 가다듬을 시간도 없이 인근 경찰서 교통조사계 조사관이라는 사람이 들이닥쳤다.
"양호준 씨? 이제 정신이 완전히 돌아오신 건가요?"
"그게 무슨 말씀이죠?"
"기억 안 나세요? 사고 나고 응급실까지 따라오신 후에 쓰러지셨잖아요. 그리고 꼬박 이틀이 지났어요."
그래 기억났다. 그때의 악몽들이 떠올랐다.

처가와 본가에 다녀오면서 피로가 누적되었나? 하긴 거기다 새벽까지 침대에 누워 게임을 했으니, 아침부터 하품이 나왔다. 어제 휴게소에서 먹은 커피랑 호두과자 하나 먹으면 잠이 깰 것도 같은데…. 정말이지 출근이 너무너무 하기 싫었다. 명절날 누가 출근을 한단 말인가. 심지어 집에는 미루가 아직도 곤히 자고 있었다. 저녁에 친구와 약속이 있다고 미리 많이 자둬야 한다나 뭐라나. 그래도 오늘 현장에는 운전 반장도 없고 짜증 나는 이 주임도 없어서 괜찮을 거 같았다. 얼른 할당량 끝내고 트럭에 숨어서 한잔해야겠다. 남들 쉬는 주말에 일하면 이런 게 좋단 말이지. 한 잔 후에는 한숨 자다가

퇴근하는 게 주말 작업의 일상이었다. 거기다 오늘은 명절이니 스스로 정당한 음주라며 합법임을 자처했다.

남들 쉬는 날 일해서 그런지는 몰라도 평소보다 두 배는 고된 오늘 할당량의 운송을 끝내고 술을 한잔하고 있을 때였다. 김 대리한테서 연락이 왔다.
"양 기사님, 어디 계세요?"
"일 다 끝내고 잠깐 쉬고 있는데요. 무슨 일이신데요?"
"저 죄송한데요. 아까 가져오신 원료에 문제가 있다고 연락이 와서요. 다시 가져오라고 난리네요. 지금 연휴 기간이라 제대로 공급이 안 돼서 오늘 못 가져오면 공장이 올스탑입니다. 그래서 그러는데 진짜 죄송하지만, 한 번만 더 갔다 오셔야 할 거 같은데요. 물론, 콜비는 두 배로 드릴게요. 부탁 좀 드리겠습니다."
"아니…. 그걸 왜 지금…. 하…. 어차피 그거 안 가면 안 되는 거잖아요. 알겠습니다. 그럼, 제가 조금만 쉬고 다녀와도 될까요?"
"아, 양 기사님 진짜 죄송한데요. 거기도 지금 당직자가 없어서 한 분이 계속 근무 중이시라고 급하다고 빨리 와달라고 하셔서요. 죄송합니다."
"하…. 쓰…. 하…. 알겠습니다. 지금 다녀오겠습니다."
명절날 근무하는 것도 서러운데 바쁘기까지 하다.

급하게 트럭 안 음주 현장을 정리하고 500밀리 물 한 통을 한 번에 들이마신 후 핸들을 잡았다.
'괜찮아. 하나도 안 취했어. 겨우 한 병 가지고 아무 일 없어. 한두 번도 아니고.'
다행히 명절이다 보니 음주단속 현장도 없고 있다 한들 이 큰 탱크로리를 어떻게 멈춰 세우겠는가. 그렇게 새로운 원료를 잘 실어서 돌아오던 중이었다. 100미터쯤 떨어진 신호등이 파란불에서 노란불로 바뀌고 있었다. 지금 속도면 빨간불이 들어오고 나서 아슬아슬하게 지나갈 거 같아 속력을 줄이기에는 뭔가 아쉬웠다. 평소의 그 였으면 하지 않았을 행동이지만 술에 취한 그는 과감을 넘어서 무모하기까지 했다. 그의 예상과는 다르게 신호등을 지나치기 50미터 전쯤에 빨간불로 바뀌었고, 좌회전 신호를 기다리던 차가 들어서고 있었다. 그의 탱크로리 트럭은 그걸 보면서도 이제는 더 이상 멈출 수가 없었다. 급하게 브레이크를 밟았지만 이미 좌회전 차량을 덮친 후였다. 너무나도 큰 체급 차이로 인해 호준의 트럭은 그리 큰 충격을 받지 않았지만, 경차인 좌회전 차량은 유리창이 수류탄에 맞아 폭발한 것처럼 몽땅 깨진 채 수십 미터를 날아갔다.
그 순간 호준의 머릿속에는 며칠 전 작가님의 일상에

찾아온 낭만이 너무 좋았다며 책을 쓰게 된 계기를 묻던 독자에게 했던 얘기가 떠올랐다. 그런 삶을 살게 해주고 응원해 준 미루덕에 책을 쓰게 된 것 같다고 그녀에게 고맙다고 말했다. 고마움의 표시는 매실차와 같아 얹힌 것이 쑥 내려가는 것처럼 결국 마음도 몸도 편해졌었다.

'그래. 그때 고맙다고 말이라도 해서 다행이다. 나는 이제 책도 못 낼 거고 감옥에 가면 미루도 못 보겠지? 아파트는 어떡하지? 차 할부도 아직 남았는데, 엄마보고 뭐라고 하지? 저 사람 살았나?'

단 몇 초 사이에 오만가지 생각들이 휘몰아쳐 나를 지나쳤다.

119,112에 신고하는 것도 까먹은 채 나는 몸을 일으켜 차 문을 열고 경차로 뛰어갔다. 경차의 색이 피터파커와 같은 색이다. 피터파커는 내가 애칭을 지어준 우리 집 흰색 경차인데 그녀의 아담함을 닮아 미루의 동생이라고 부르며 애정을 줬던 차다.

'뒷자리 번호도 비슷하네. 아니 똑,똑같네!'

저녁에 친구와 약속이 있어서 나갔다 온다고 미루가 했던 말이 생각났다. 그때 내 다리는 풀리고 동공도 둘 곳을 잃은 채 빙글빙글 돌고 있었다.

'아니다! 아니야! 그럴 리가 없어. 내가 미친놈도 아니

고 아니야 그럴 리 없어!'

무의미한 내 바람은 몇 년 전 만들었던 작은 눈사람처럼 발길질 한 방에 허물어질 것이란걸 알고 있었다. 이미 차종, 색, 번호판까지 식별해 놓고는 무슨 말도 안 되는 헛된 꿈을 꾸고 있는 걸까. 내 차가 그녀를 치었다. 아니 미루가 운전하던 차를 치어서 산산조각 내버렸다.
"으…. 으흐…. 아,아안돼…. 미,미루야…. 주,죽으면 안 돼!! 제발!! 살아야 돼!!!"
누군가의 신고를 받고 현장에 도착한 구조대가 원래의 크기보다도 더 작아진 경차 안에서 피투성이가 된 미루를 꺼냈다.
"선생님, 정신 차리세요! 선생님! 다행히 아직 맥박은 있네. 김 소방사 태우자. 이 소방장 가까운 응급실 좀 알아봐!"
"저,저도 같이 가도 될까요??"
"어떻게 되시는데요?"
"남,남편입니다."
"타세요. 그럼 다치신 분 성함이 어떻게 되실까요?"
"이,이미루요."

구급차는 미루와 나를 태우고 근처 병원으로 향했다. 다행히도 구급차에서 그녀는 맥박이 있었다. '제발! 깨어나서 나를 욕하고 혼내줘. 제발 내가 미친놈이야. 내가 또라이야. 내가 개새끼야. 내가 다시는 술 안 마실게!! 차라리 나한테 복수를 해!!!'라는 바람을 비웃듯 병원에 들어서자마자 그녀는 맥박을 멈췄다. 그녀를 눕힌 병원 침대를 간호사와 함께 잡고 뛰기 시작했다.
"간호사님, 상황이 어떤 가요??! 살 수 있을까요??! 살 수 있겠죠???!"
'제발 제발 신이시여 제가 잘못했습니다. 제가 죽겠습니다. 제가 죽일 놈입니다. 제가 개새낍니다. 왜 저 같은 놈은 살리시나요.'
그녀와의 하늘빛 낭만을 써 갈기고 행복은 바로 코 앞이라는 헛소리나 지껄이던 가증스러운 이 두 손으로 그녀를 내가 파괴해 버렸다. 그녀의 사망 판정 후 나는 그 자리에서 정신을 잃었다. 이것이 쓰러지기 전 내 마지막 기억이다.

조사관의 다그침에 모든 것이 기억나버렸다. 내가…. 이 두 손으로…. 무슨 짓을 한 거지?
"호준 씨, 양호준 씨! 듣고 계세요?"
"네?…. 네…. 듣고 있습니다. 기억났습니다…."

"호준 씨가 그때 쓰러져 버리셔서 음주 측정을 하지 못했고, 긴급한 사유가 인정되어 채혈했습니다. 그에 대해 동의한다는 것을 여기 사인해 주시면 되고요. 아, 그리고 채혈 수치가 0.205가 나왔네요. 많이도 드셨네. 어쨌든, 면허 취소를 한참 웃도는 수치가 나오셨고, 신호위반 사고여서 교통사고처리 특례법 위반으로 현재 구속영장이 발부된 상태입니다. 치료가 끝나시는 대로 협조 부탁드립니다. 참고로 문 앞에는 저희가 교대로 상주하고 있으니 다른 생각은 하지 마시고요. 이만 가 보겠습니다. 아참! 삼가 고인의 명복을 빕니다. 어휴 오늘도 눈이 참 많이 오네요."

2. 봄의 소원

"어이 아가씨 이름이 뭐야? 앞에서 김 차장님 모시고 노래 좀 불러!"
"사쿠라. 사쿠라라고 불러주세요."

나름 젠틀한 척하는 회사 동료 간 손님들을 마지막으로 오늘도 겨우 끝났다. 가게를 나와 조용히 기다리고 있는 실장의 은색 승합차에 올라탔다. 창밖에는 익숙한 간판들이 자기의 진짜 이름을 맞춰 보라는 듯 글자의 잔상을 남기고는 눈앞에서 사라지고 있었다. 잠시의 생각을 맞이하고 나니 벌써 집 앞에 도착해 있었다.
"오늘도 고생했어요. 내일은 비번이죠?"
나는 묵묵히 고개를 끄덕였다.
"내일 맛있는 것 좀 먹고 푹 쉬어요. 아 요새 볼 때마다 안쓰러워 죽겠네. 왜 이렇게 힘이 없어요. 여기 근처에 24시간 해장국 집 있는데 밥이라도 먹고 갈래요?"
"아니에요. 감사합니다."
"그래요. 그럼, 푹 쉬다 내일모레 봐요!"
"조심히 가세요."

오늘은 이상하게도 더 힘이 없었다. 하긴 이 일을 할 때 어떻게 힘이 나겠나 싶었다. 누군가는 내게 사지 멀쩡한데 왜 이런 일을 하냐고 침을 튀기며 말하겠지. 그때

마다 나의 대답은 "쉽잖아요. 더 뭘 배우고 신경 쓰고 싶지 않아요."였다. 냉기보다 두려운 어둠이 가득한 집에 들어가는 데는 생각보다 많은 행동들이 필요하다. 편의점에 들러 몸을 녹일 티백을 하나 샀고, 집 앞에서 단맛이 배어 있는 얇은 갈색 담배를 하나 물고는 불을 붙였다. 담배는 호흡을 들이마실 때마다 빨간색 점과 재를 남기며 타들어 갔다. '내 심장도 저렇게 쉽게 타들어 가면 얼마나 좋을까?'

누구보다 진했던 감정은 빛바랜 회색같이 옅어졌지만 그래도 역시나 쉬는 날은 좋았다. 집 건너편 마트에서 간단히 장을 본 뒤, 오늘 같이 뼈까지 시린 날에 생각이 나는 수육국밥을 먹기로 했다. 국밥의 맑은 국물을 몇 순갈 떠먹은 뒤 빨간 양념을 왕창 빠트렸다. 수저를 휘저으며 양념을 풀면서 TV를 보니 뉴스에서는 요즘 가장 뜨거운 감자인 연쇄살인 사건을 분석하고 있었다. 2명인가 3명인가의 여성만을 죽인 연쇄살인마라고 들었는데 곳곳에 CCTV가 널린 마당에 연쇄살인마가 말이나 될까 싶었다. '그걸 어떻게 안 들켰을까?'라는 의문을 가지며 국밥을 몇 순갈 먹었을 때 나는 순갈을 멈출 수밖에 없었다. 뉴스 역시 나와 같은 의문을 가진 채 요즘 같은 세상에 연쇄살인이 웬 말이냐는 입장을 보여주면서 '그'가 연쇄살인을 했다고 밖에 볼 수 없는 이유가 있다며 설명했다. 그것은 시체들이 하나같이 공통적으로 깨끗하며 경동맥이 그어져 죽었다는 것이다. 시체에서 저항흔은 발견할 수 없고, 정확하게 경동맥이 그어져 과다 출혈로 피해자 자신도 모르게 죽었을 것이라는 추측이다. 뉴스에서는 어떻게 조용히 죽어갈 수 있는지, 정확하게 경동맥을 그을 수 있는지에 관해 질소, 의사 등의 단어들이 나왔는데 나에겐 더 이상 들리지 않았다.
'그래, 저놈이다.'

급하게 나머지 국밥을 먹는 둥 마는 둥 한 뒤 집에 와서 '그놈'에 대한 것들을 뉴스, 블로그, 너튜브 할 것 없이 싹 다 찾아봤다. 다 똑같은 얘기지만 한 가지, 피해자들이 같은 지역의 사람이라는 것을 알 수 있었다. 당연히 전국을 뒤지는 것보다야 비교도 안 되게 범위가 작아지는 거지만, 개인에게는 모래사장에서 바늘 찾기보다 더 어렵겠다는 생각이 들었다. 목표를 찾았으니 이제는 더 이상 웃음을 팔며 돈을 벌 필요가 없겠지. 지금까지 모아 놓은 돈으로 꼭 해내리라.
"실장님, 안녕하세요. 저예요."
"아예, 무슨 일이세요? 혹시 내일 출근 못 하세요?"

"네, 당분간은 못 할 거 같아요."

"아이고, 뭔 일이래요. 무슨 일 생긴 건 아니죠? 제가 해결해 드릴 일 있는 건 아니에요? 요즘 남자들 믿을게 못돼요."

"아니에요, 실장님. 남자 때문이 아니고요. 제가 급하게 해야 할 일이 생겨서요. 아 혹시 실장님 흥신소…? 그 사람 찾거나 하는데 아시는 데 있으세요?"

"흥신소요?! 아이고 진짜 큰일 생긴 건 아니죠?? 요즘은 흥신소라고 안 해요. 탐정사무소라고 하지. 제가 아는 새끼…. 아니 탐정 있어요."

"연락처 좀 받을 수 있을까요? 찾는 사람이 있어서요. 그리고 실장님만이 절 사람으로 대해줬어요. 고마웠어요."

"아이고 뭘…. 제가 문자로 보내 드릴게요. 그리고 언제든지 돌아…. 아니…. 아 뭐라 하지. 아 그래! 꼭 잘사세요! 로라 씨."

실장에게 연락처를 받아 탐정사무소에 연락을 취했다. 그곳에서도 사람 찾는 건 모래사장에서 바늘 찾기라고 토씨 하나 틀리지 않고 나와 같이 말했다. 그것도 살인범을 찾고 있다고 하니 장난 전화냐며 목소리가 커졌다. 그래서 찾는 사람을 바꾸기로 했다. 바로 피해자들로.

•

출근 후 아침 회의처럼 요 며칠 현무는 과장에게 깨지는 일이 자연스러운 일과였다.
"현무야 과장님이 뭐래?"
"아 형님, 솔직히 인간적으로 오늘은 형이 들어가야죠. 왜 맨날 나만 들여보내요. 나는 경장이고 형은 경사 고로 형이 사순데."
"미안하다. 심사승진 며칠 안 남았잖냐. 조금만 참아주라. 진짜 내가 이번에 잘되면 너랑 제수씨 호캉스 보내준다니깐?"
"하…. 알았어요. 만약에 우리 동네에 있는 말만 호텔인데 보내주거나 그러면 나 진짜 청문감사실로 쫓아갈 거예요. 알았죠?"
"오케이. 알았다니깐. 근데 그 새끼 도대체 어딨는 거냐? 뭐라도 특정해야 물꼬라도 트지. 진짜 이런 새끼는 처음이야. 어디 밀입국 한 거 아냐?"
"안 그래도 외사계에서 출입국청에 공문 보내서 근처 나라에 협조공문 싹 다 뿌려 났대요. 그래도 모래사장에서 바늘 찾기죠. 뭐. 형 오늘 초과 찍고 피해자들 집 주변이나 또 돌아봐요. 혹시 모르죠. 아직 동네에 있을

지도. 내가 그 새끼 잡아서 특진한다! 형 심사보다 더 빨리!"

•

며칠 후 탐정사무실에서 연락이 왔다. 셜록 홈스와 같은 카리스마나 젠틀함을 갖추지는 않았지만, 내가 원하는 것은 찾아주는 진짜 탐정들이었다. 대단하다고 용감하다고 나의 무운까지 빌어주는 것을 보면 나름 젠틀한 건가.

피해자들의 주소를 받아서 지도어플로 검색해 보니 같은 동네는 아니더라도 차로 5분, 걸어서 30분씩이면 갈 수 있는 인근 동네들이었다. 내가 형사는 아니지만 눈치껏 그놈의 활동 반경을 대충은 알 수 있었다. 지금쯤이면 경찰들도 샅샅이 뒤지고 있지 않을까? 잡히는 건 금방이려나? 뭐 그래도 나도 할 수 있는 건 다해봐야지. 얼마 전 고아원 수녀 선생님이 돌아가신 이후로 나에겐 이제 더 이상 미련이 없다. 최선을 다해 그놈을 찾는 것이 내 삶의 유일한 목적이다.

지금 살고 있는 원룸에서 그놈을 찾기 위해 출퇴근을 하는 것은 만만치 않은 일이었다. 기차, 버스, 택시를 다 이용하여 지역 간의 이동을 해야 한다는 걸 깨닫고는 피해자들의 마을 주변에서 이름만 호텔인 숙소를 잡았다. 호텔의 카운터 아저씨는 아가씨 혼자 머물면 무섭지 않겠냐고 수 차례 물어봤지만, 나는 미소로 답했다. 사실 그렇게 몇 번씩 물어보는 아저씨가 더 무섭다고는 도저히 말 못 하겠다.

숙소 옆에는 미술학원이 큼지막하게 있었다. 예전에 어디선가 본 거 같은데 아이들의 학습시설 옆에는 모텔 같은 게 지어질 수 없다고. 그렇다면 그런 법이 생기기 전부터 호텔과 학원은 존재했을까? 뭐 아무튼 나하고는 상관없는 일인데 괜스레 미술이라는 단어 때문에 생각이 많아졌다. 고아원에서 내게 유일한 행복, 설렘을 느꼈던 것이 뭐냐고 한다면 나는 지체없이 '만화!'라고 답했을 것이다. 만화 덕분에 현실을 버틸 수 있었고 미래를 살아가고자 했으니 말이다. 성인이 되어 고아원을 나온 후 온갖 아르바이트를 하며 나도 웹툰작가라는 꿈을 꾸기도 했었다. 누구보다 진한 색을 칠하고 싶었지만 내게는 쇼츠처럼 사람의 마음 아니 눈길이라도 끄는 재능이 없었고, 인맥도 연줄도 없었다. 그게 다였다.

너튜브를 틀어 뉴스를 확인하니 또 한 번 그놈이 나왔다. 네 번째 살인사건이 일어난 것이다. 해외에서도 관심을 가질 정도로 큰 사건이 되어가고 있었다. 거기다 피해자가 소년소녀가장으로 초등학생 동생을 돌보는 가여운 아이였던 것에 사람들은 분노 했다.

댓글1: 하늘은 뭐 하나 몰라 저런 변태 새끼 안 잡아가고.

ㄴ대댓글: 하늘은 뭔 죄냐.

댓글2: 경찰들 니네 사람 죽어 나가는데 밥이 넘어가냐.

ㄴ대댓글: 어휴 그러니깐. 국회의원들부터 조사해 봐라. 다 한통속 아니냐.

댓글3: 저 새끼 잡아다가 사지를 잘라서 동서남북으로 던지고 고수레라도 했으면 좋겠다.

댓글4: 내가 보니깐 변태 예술가 같은 거 아님? 시체를 훼손 없이 죽이는 것도 그렇고, 경동맥만 한 번 긋는 게 뭔가 아름다움을 추구하는 그런 느낌 아님? 옛날에는 죽어가는 사람 사진 찍으려고 여자만 죽인 놈도 있었다던데.

변태 예술가? 영화 같은데 보면 촉망받는 예술가가 사이코패스 같은 거로 나왔던 거 같은데, 진짜일까? 속는 셈 치고 한번 찾아보기로 했다.

●

"형님, 지금 지방청에서 프로파일러한테 연락이 왔는데요. 이 새끼 예술 쪽 종사하는 사이코패스 같다는데요?"

"엥? 무슨 소리냐. 진짜 영화처럼? 사이코패스래? 너 사이코패스 실제로 본 적 있냐?"

"없죠. 형사 생활 3년 만에 살인 사건도 처음 맡아보는데요. 사이코패스 그거 영화에만 나오는 거 아니에요? 형도 본 적 없잖아요."

"나도 없지. 나도 형사 생활 10년 동안 한 번도 본 적 없다. 조현병은 널리고 널렸는데 그 유명한 패스 형님은 구경도 못했지. 근데 뭐 사이코패스? 예술가? 프로파일러 아저씨가 영화를 너무 본 거 아니냐?"

"그러게요. 처음에는 의사라고 하더니 다시 말 바꾸네요. 피해자들을 평온하게 잠이 든 거 같은 모습으로 만들고, 경동맥을 딱 한 번 그어서 죽이는 게 아름다움을 추구하는 예술가 같다고 하더라고요. 경동맥은 사실 의사가 아니래도 가만히 누워 있으면 찾기 쉽다고 하던데요. 하여간 그래서 팀장님이 그 뭐라더라 피해 장소 근처에 레지스던스? 레지던시? 거기 가보라던데요."

"거기가 뭐 하는 곳인데?"

"시에서 예술가들한테 빌려주는 작업실 같은 건가 봐요. 아까 찾아보니깐 그런 데서 작업하는 사람들을 입주 작가라고 하던데요?"
"별게 다 있네. 아니 근데 왜 거기야? 개인 작업실 있는 변태 새끼가 한 걸지도 모르잖아."
"그게 피해자들이 하나같이 자신의 집에서 살해되어 있어서라는데요? 개인 작업실이 있는 놈이라면 자기 작업실로 데려가서 죽였을 거라고 하더라고요."

•

뉴스 댓글을 보고 무작정 예술가들을 찾아보기로 했다. 우선 피해자들이 살던 곳과 가까운 곳에 거주하는 예술가들이 있나 찾아보던 중 거주는 아니더라도 몇몇 예술가들의 작업장이 있다는 것을 알게 됐다. 그 작업장이라는 곳은 생소하게도 레지던시라 불렸으며, 그곳은 지자체에서 예술가들을 지원하기 위해 제공하는 공간이라고 했다.
다행히 이곳은 작은 도시다 보니 레지던시가 몇 개 되지 않았고 한 곳에 몰려 있다고 했다. 위치를 검색해 보다 어쩌면 단순한 뉴스 댓글의 추측이 맞을지도 모르겠다는 생각이 들었다. '레지던시의 위치가 사건 장소와 그리 멀지 않은 것은 단순한 우연일까?'

따뜻한 아메리카노를 하나 사 들고 레지던시가 위치한 동네를 걷기로 했다. 레지던시는 통창으로 되어있어 밖에서도 그들이 작업하는 것을 볼 수 있었다. 작가 중 특이한 조형미술을 하는 사람은 없었고 일반 화가들인데다 별 특별할 건 없어 보였다. 큰 수확 없이 다른 곳을 찾아봐야겠다고 생각하는 순간 이상한 기분이 들었다. 두 번째 화실에 있는 저 여자. 드로잉 대상 옆에 있는 작은 거울로 날 쳐다보고 있는 거 같았다. 거울을 응시하자 서로의 얼굴도 담기 힘든 아담한 세계에서 우리는 눈이 마주쳤고, 그 순간 팔 위로 작은 닭살들이 솟았다 사라졌다.

●

"꼭 죽어야겠니?"
"네. 언니, 저는 꼭 죽어야 해요. 아니 죽고 싶어요. 사는 게 너무 괴롭고 힘들어요. 나만 바라보는 동생도. 매일 같이 알바를 해도 사고 싶은 건 하나도 못사는 거지 같은 지금이. 그리고 애들이 더러운 거 보는 듯한 그런 시선도 그년들한테 낙서 되고 찢긴 내 책상과 책들 다 싫어요! 아니 그년들이 어쨌는지 알아요? 나랑 살짝 부딪쳤다고 옷을 빨아야 한다고 토하는 시늉을 하고 머리채를 잡아서 빨아야겠다고…. 끄흑 어,언니 나,난 더 못 살 거 같아요. 으리 어흐흑마도 없고 아흐으빠도 없다고요. 나으극으윽는 느므 힘들어."

"흐읍, 알았어. 지이야 내가…. 내가 도와줄게."

등을 토닥인 후 반듯하게 눕히니 지이는 울면서 내게 환한 미소를 지어줬다. 이 녀석 웃는 모습을 얼마 만에 보는지 모르겠다. 우리가 알고 지낸 지도 벌써 3년 전인데, 내 그림이 예쁘다고 자기도 내 그림처럼 예뻐지고 싶다고 말 걸었던 작은 소녀였는데, 어여쁜 다 큰 처녀가 돼서 이제는 내 곁을 떠나고자 한다. 3초만 더 바라보자. 내 그림과는 비교도 안 되게 아름다운 이 얼굴을 내가 담아둬야지. 나는 담아 둬야지. 그래야 우리 지이가 이 세상에 있었다는걸, 대견하게 지금까지 잘 버텼다는걸, 아는 사람이 생기는 거니깐. 그래. 이제 보내주자.

'꼭 기억할게 지이야. 조심히 가.'

정화통 대신 질소 가스통을 방독면에 연결하여 그녀의 얼굴에 씌었다. 얼마쯤 시간이 지나자 그녀의 목덜미 부분이 설익은 딸기처럼 푸르스름하게 질려갔다. 그녀의 맥박을 확인 후 방독면을 천천히 벗겼다. 얼굴이 편안해 보여서 다행이다. 마지막만큼은 그녀의 삶과는 반대로 섬세하고 정성스럽게 보내주어야 한다. 니트릴 장갑을 낀 손은 고귀한 예술품을 다루듯 조심스레 그녀의 턱선을 쓰다듬고 경동맥을 찾았다. 그녀 위에 올라타 조각칼을 이용하여 경쾌하고 우직하게 붓을 휘두르듯 힘을 담아 거침없이 그어버렸다.

•

저 여자가 틀림없다. 놈이 아니라 년이었구나. 사람을 넷이나 죽인 살인귀가 아니면 지금 내 팔 위에 솟았던 직감이 말이 안 된다. 나는 용기가 없으니깐, 저년을 꼭 잡아야 한다.

•

"형, 저 여자 이상하지 않아요? 아까부터 혼자 중얼중얼 거리던데, 얼굴은 이쁜데 조현병인가? 귀신보나? 안타깝네."
"그러게, 쟤도 혹시 예술하는애 아니냐? 원래 그쪽이 좀…. 평범하지는 않지 않냐? 근데 저기 그림 그리는 여자도 이상하긴 마찬가진데? 여기 터가 안 좋나. 정신병자들이 왜 이렇게 많은 거 같냐?"
"형, 저 그림 그리는 여자 작업실 저기 끝 좀 봐봐요. 무슨 포스터 같은 거 걸려있는데요. 그 밑에 저거 정화통 아니에요? 저런 게 왜 있지? 예술할 때 저런 것도 쓰나?"

"미친! 야 죽은 사람들 질소 질식이라며, 질소로 죽는 게 차 안에서 가스통 열어놓고 그런 거 아니냐?"

"그죠. 직구로 자살키트 사가지고 죽은 현장 보니깐 차에 가스통 같은 거 있고 하던데…. 정화통? 가스통??!"

"난 팀장님한테 전화할 테니깐. 너 빨리! 과학수사반에 전화해서 물어봐봐 저런 게 있는지."

•

지이를 보내고 며칠 되지 않아 아직 마음이 심란한데, 오늘따라 불청객들이 많이 보인다. 결국 여기까지 인가. 나도 안다. 하면 안 됐다는걸. 내가 죽고자 샀던 질소가스였다. 재능이 없는 내가 너무 싫어서. 그림 그리는 것 말고는 할 줄 아는 게 없는데, 새로이 배워가면서 버티며 살아가야 하는 게 이제는 귀찮았다. 그냥 편해지고 싶었다. 어떻게 죽어야 할지 카페에 가입하여 방법을 알아냈지만, 주위에 나보다 더 불쌍한 사람들도 찾아내 버렸다. 남편에게 맞으며 다들 그렇게 사는 줄 알고 수십 년을 맞으며 살았다는 여자. 부모의 학대로 15년째 히키코모리 생활에 자신과 가족을 파괴하기 일보 직전이었던 사람. 알츠하이머로 인해 대소변을 못 가리는 자신의 모습에 절규하던 사람. 그리고 지이까지. 그래서 마음을 먹었다. 어차피 죽기 전에 내가 배운 '예술'이라는 것으로 나보다 더 아팠던 사람들의 마지막만은 아름답게 보내주기로. 그리고 나서 나도 그들을 따라가기로 했다. 경동맥을 찾아 칼을 긋는 행위는 거장의 붓질과 같아서 그저 손에 칼을 쥐고 긋기만 하면 안 됐다. 조금 깊게, 그리고 과감하게. 그리하여 장미 같은 피를 뿜어낼 수 있게 말이다. 그렇게 그들의 마지막이 아름다울 수 있도록 해주는 것이 나의 마지막 사명이었다.

이제는 마지막 한 통이 남았다. 저것은 나를 위해 써야 한다. 마음을 먹고 질소 가스통을 챙겨 가방에 집어넣어 레지던시를 나서던 중 아까 자신을 훔쳐보던 여자가 말을 걸었다.

"당신이죠?"
"무엇이 말인가요?"
"사람 죽이고 다닌 거요. 연쇄살인."
"네, 맞아요. 그래서요?"
"찾았다!"
드디어 찾았다. 적임자를 찾았다. 용기 없는 나를 대신해 나에게 죽음을 선물해 줄 사람을. 난 겁이 많아서 혼자 죽지도 못했다. 언젠가 꿈이 죽는 게 되어버렸을 때부터 안 아프게 죽는 법을 찾고 다녔다. 하지만 그 방법들은 모조리 내가 어떤 행동을 해야 죽을 수 있는 것들이었다. 나는 그냥 수동적으로 죽고 싶을 뿐인데…. 마지막만이라도 궁리하고 발악하지 않고 그저 편하고 싶었다. TV에서 피해자들이 경동맥 빼고는 티끌 하나 다친 데가 없다는 것을 보고 저 사람에게 부탁하고자 했다. 아니, 저 살인마에게 나를 제물로 바치기로 했다. 날 죽여도 좋으니 그저 안 아프게만 죽여달라고 말이다. 그래서 그를 찾고자 몇 날 며칠을 내 평생 제일 열심히 살았고, 결국 찾게 된 것이다. 이제 램프의 요정 지니에게 나를 재물로 소원을 빌 차례다. 내게 죽음을 달라고.

"날 죽여요."
"저는 사람 안 죽입니다."
"무슨 소리예요! 아까는 연쇄살인마라면서!"
"죽을 사람을 도와준 것뿐이에요."
"그러면 도와주세요. 제발요…. 저는 이제 더 살 수가 없어요. 그래서 절 죽이고 싶은데 너무 무서워요. 근데 죽고 싶어요…. 제발, 제발 절 죽여주세요. 선생님 이거 봐봐요. 이 통장에 들어 있는 돈 보이죠? 이거요, 제가 열심히 모은 돈인데요. 다 드릴게요. 제발요…."

"저기요, 여기서 이러시면 안 돼요."
"날 안 죽여주면 경찰에 신고할 거예요! 경찰에 신고해서 당신 평생 감옥에서 썩게 할 거라고!!!"

그때였다. 남자 두 명이 달려와 그녀들의 대화에 끼어들었다.
"화가님? 화가라고 부르면 될까요? 경찰서에서 나왔습니다. 여기 공무원증 보시고요. 신분증 좀 부탁드리겠습니다."
공무원증을 받고 머뭇거리던 레지던시의 여자가 곧 체념한 듯 지갑에서 신분증을 꺼내 건넸다.
"하연수님? 현재시간 4시 35분 레지던시 앞에서 임의동행 고지하겠습니다. 연쇄살인 사건 관련 경찰서로 임의동행을 부탁드리며 언제든지 댁으로 귀가 하실 수 있습니다. 아, 그래도 댁으로 귀가 안 하시는 게 좋을 거예요. 어차피 영장 발부 중이라 저희가 졸졸 따라갈 거거든요. 자 가시죠! 현무야 뭐해 빨리 옆에 와서 같이 모셔야지."
선배의 부름에 걸음을 옮기던 현무는 하연수에게 옆에 있는 여자는 누구인지 물었다.
"그러고 보니 옆에분은…?"
"저 여자는 모르는 사람이에요."

대답을 들은 현무는 로라에게 인사를 건네고는 하연수의 뒤를 따라갔다.
"큰일 날 뻔하셨는데 운이 좋으시네요. 오늘 꼭 로또 한 번 사보세요!"

·
·
·

결국 남은 마지막 희망마저 하늘은 비웃듯 내 눈앞에서 허무하리만치 쉽게 빼앗아 버렸다. 요 며칠, 너무 열심히 살았던 것이 문제였으리라. 그래서 운이 없던 것이리라. 그래도 나는 반발심에 한 번 더 열심히 살기로 결심했다.
악산으로 유명한 산이라더니 산에 올라가는 길에 마주친 사람은 없었다. 물론 새벽이기도 하고 평일이기도 해서 그렇겠지. 백화점에서 제일 비싼 등산화와 등산복을 사서 입었다. 조금이라도 편하게 산에 오르고 싶었다. 정상에 올라 숨을 크게 들이쉬니 조금은 살고 싶어질 거 같았다. 문득 산 아래 보이는 작은 건물, 차들을 만화로 그려보고 싶었지만, 그 마음도 잠시일 뿐이란걸 안다. 이 산을 내려가면 나는 또다시 혼자가 될 테니깐. 주인공까지는 바라지도 않았다. 그저 조금이라도 진심

어린 관심을 받길 바랐다. 그래서 열심히 웃었고, 열심히 울어주었다. 때론, 나 자신을 해치면서까지 나를 봐주길 바라는 혐오스러운 삶이었다.

그녀의 흔적이 지워진 하얀 설산에는 벚꽃의 꽃잎이 흩뿌려졌다.
봄은 완전히 져버리고 완벽한 겨울이 왔다.

3. 다섯 용사

"지금까지도 소년들의 행방은 오리무중입니다. 군경 300명이 동원되어 구룡산 일대를 샅샅이 수색 중이며 시민들의 제보를 간절히 기다리고 있습니다. 전 국민의 관심이 필요할 때입니다."

·
·
·

「"할아버지, 오늘은 예전에 말한 용사 이야기해 주세요. 다섯 용사 이야기요!"
"요 녀석, 오늘은 일찍 자야지. 늦게 잔다고 네 엄마한테 혼날라. 오늘은 안된다. 할애비가 토닥토닥 해주마."
"아 제발요. 할아버지, 네? 엄마한테 진짜 비밀로 할게요! 내가 엄마 이겨요!"
"요놈아, 엄마를 이겨서 뭐 하려고 허허. 그럼 조금만 얘기해 줄까?"
"네! 할아버지 고마워요. 저 그럼 눈 감고 들을게요."」

서기 1999년에 마왕이 재림하여 온 제국의 사람들이 고통받을 때가 있었단다. 그때 제국의 법사들은 마왕을 상대할 방법을 찾던 중 다른 세상에서 용사를 불러

내는 마법을 찾았단다. 의식을 치르고 결국 마법이 성공 해서 다섯의 용사를 불러냈는데, 어째 몸집만 커다란 아이들 같았단 말이지. 법사들은 그들과 대화를 시도하였지만 대화가 통하지 않았단다. 다른 세계의 언어를 어떻게 알아듣겠냔 말이지.
"용사들…. 아니 네놈들 어디서 왔지?"
"*&^&*&^ㅁㄴ*+"
"어디서 왔냐는 말이다!"
"()*&&^*ㅍㅇ"

"형아, 쟤네 뭐야. 왜 소리쳐! 집에 밥 먹으러 가야 으떡케 끄윽. 괘엔히끅 개구리 잡으러 와끄끅 엄마한테 혼끄나끅끅. 혀어엉끆극이 채채책임끄끅져!"
"민식아, 진정해. 괜찮아! 형들 있잖아. 준영이, 민규, 서인이 다 있지?"
"응, 다 있어! 칠환이형 쟤네 뭐라는 거야? 이름 물어보는 건가? 아니면 나라 물어보는 거 아냐? 쟤네 다 양키같이 생겼잖아."
"아! 그런가보다! 나란가보다. 나 대한민국. 대한민국! 거기서 왔어."

그들은 대라메인국이라는 세상에서 왔으나, 신체와 힘

은 일반 성인들이랑 크게 차이가 나지 않아서 법사들은 실망을 감추지 못했단다. 제국은 마왕과 그를 따르는 로키 백작으로 인해 병들어 가고 있었어. 세상은 몰락해 갔지만 다섯 이방인은 리리퍼트 제국에 적응해 갔지. 언어와 무술을 배우면서 성장해 간 거야. 그들은 원래의 세계를 무척 그리워했다고 하더구나. 너무도 그리워한 나머지 그곳에서 먹던 음식들을 재현해 보기도 하고, 놀이를 제국의 사람들에게 알려주기도 하면서 십수 년이 흘렀단다.

모든 세상이 어둠과 불로 가득 찬 채 거짓 성직자들은 사람들 위에 군림하고, 제국의 그 어떤 탑보다 더 높은 칠흑같이 검은 탑이 세워질 때쯤 다섯 이방인은 성장을 마쳤지. 이방인들이 처음 이곳에 왔을 때만 해도 사실 그들은 아직 너와 같은 어린아이였단다. 그런데도 성인들과 비슷하거나 조금 더 센 힘을 가지고 있었다는구나. 그런 그들이 십수 년이 흘러 어른이 됐으니 한 명 한명은 10명의 병사와 줄다리기를 해도 힘에서 밀리지 않고, 한 번 도약으로 평범한 성인의 두 배 이상을 멀리 뛰었다고 하더구나. 그들 하나하나가 신화에 나오는 영웅 같았지.

어른이 된 그들은 원래의 세계로 돌아갈 방법을 찾기

위해 보금자리를 벗어나 세상 밖으로 여행을 떠났단다. 여행 중 그들이 처음 당도한 도시의 여관에서 있었던 일화를 하나 말해주마.

"어서 오세요! 여왕의 그늘입니다! 몇 분이세요?"
"아, 네. 안녕하세요. 다섯 명인데 방 있을까요?"
"그럼요! 다섯 분이시면 방을 두 개 사용하시면 되겠는데요?"
여관 직원이 이방인들을 안내 중인 그때 다른 테이블에서는 소란이 일어나서 여관에 있던 모든 사람의 이목이 그곳으로 집중됐단다.
"어이, 얼굴 좀 반반하다고 콧대가 너무 높은걸? 우리 도련님으로 말할 거 같으면 로키 백작의 친우이신 도그 백작님의 장자이시다. 감히 너 같은 것들이 반항하고 그럴 분이 아니시란 말씀이지. 좋은 말로 할 때 우리 도련님과 술 한잔하라고. 낄낄."
"하하. 레이디, 저희 집 마부가 말이 좀 심해서 놀랐죠? 일로 와서 한잔 받으시죠."
"싫어요! 저는 지금 남편을 기다리고 있단 말이에요. 싫다는데 왜 자꾸 그러세요! 당신이 귀족이면 다예요? 자꾸 그러시면 저도 치안관님 찾아갈 거예요!"
가식적인 미소로 아낙을 희롱하던 도그 백작의 장자는

아낙의 칼같은 거절에 이제 더 이상 본성을 숨기지 않기로 한 거야.
"네 이 년! 말로 해선 안 되겠구나. 저년을 당장 내 앞에 데려오거라!"
도그 백작 장자의 명령과 함께 뒤에 사열해 있던 사병 중 두 명이 그 여자에게로 다가갔단다. 그때! 이방인들 중 막내인 민식이 나선 거야.
"어이, 동작 그만. 레이디가 싫다고 하잖아."
"넌 뭐냐? 덩치 좀 믿고 까부는 거 같은데 저 바깥에 병사들이 보이지 않느냐? 족히 30명은 될 거다. 너 혼자, 아니지. 네 뒤에 곰 같은 놈들까지 다섯이 다 덤벼도 몸에 벌집 구멍이 나는 건 한순간 일 거다. 하하하."
"칠환이 형, 어디서 멍멍이 백작 아들 짖는 소리가 들리지 않아?"
"뭐, 뭐라고? 네 깟놈이? 여봐라 저 곰 같은 놈들을 싹 다 잡아 오너라!"

일면식 없는 소작농 아낙을 위해 30명이 넘는 병사들과 싸우는 것은 진정한 용사의 길이었지. 첫째, 셋째 이방인의 검에 여관에 있던 병사들은 팔다리가 베어 쓰러졌고, 둘째는 저울의 일종인 무쇠로 만든 천칭을 붕붕 휘두르며 밖으로 나가 백작 병사들의 머리통을 깼어. 넷째와 다섯째 역시 대가리에 무수히 많은 쇠가 뾰족하게 박힌 메이스를 휘두르며 병사들의 팔다리를 부러트렸지. 수십 명의 병사가 쓰러지는 건 한순간의 일이었고, 백작의 장자를 인질 삼아 백작가로 끌고 가서 도그 백작에게 아들 교육을 잘 시키겠다는 확답을 듣고서야 풀어줬다고 하더구나.

그 이후로도 그들은 귀족에게 핍박받는 백성들을 구하고, 마적들로부터 백성들을 지키고, 작은 일도 마다하지 않고 도와줬다고 해. 강아지 찾기, 소녀의 연애 상담, 대장간 아저씨의 부탁, 노모의 편지 배달 등 이제 이방인들은 백성들의 삶에 스며들었고 백성들도 그들이 없는 삶을 생각지 못할 정도였단다.
하지만 무적의 이방인들도 위기가 없었던 건 아냐. 이방인들의 영웅적인 행보에 위기의식을 느낀 마왕의 심복인 로키 백작이 그들을 해치우고자 수백 명의 병사들을 그들이 머물던 도시로 보냈어. 이방인들이 여관에서 잠을 자고 있는 틈을 타 수백의 병사들이 그 주위를 빙 둘러 포위했단다. 그리고는 여관에 불을 질러 밖으로 나오게 할 계획이었던 거야. 그 비열하고 치졸한 수법에 당한 이방인들은 자신들의 무기조차 제대로 챙기지 못하고 뛰쳐나오게 됐는데, 그때 로키 백작의 병사들이 공격을 해왔어. 그들도 이에 질세라 병사들의 무기를 빼앗아 혈투를 벌였단다.
하지만 다섯 이방인이 아무리 신화 속 영웅에 가깝다고 하더라도 수백의 병사들을 자신의 무기 없이 이길 재간은 없지. 그렇게 한 명씩 다치고 지쳐 쓰러져서 첫째 이방인만이 남았어. 그가 쓰러지기 일보 직전 도시의 시민들이 집에 있던 곡괭이, 낫, 몽둥이, 화분 등 무기가 될 만한 것들을 급하게 집고 나와서 이방인들과 대치 중이던 병사들의 앞을 막아 선거야.
"야이 무지렁이 백성 놈들아. 우리가 누군지 아느냐! 로키 백작님의 병사들이다! 우리를 막아서고자 한다면 두 동강을 내서 저 갈릴레오 앞 바다에 뿌려 주마!"
"우,우리는 로,로키 백작을 무,무서워하지 않는다! 우, 우린 용,용사님들을 지킬 것이다!!!"
"와아아아아!!! 용사님들을 지키자!!"

로키 백작의 병사들과 이방인들을 지키고자 하는 수백 시민들의 죽고 죽이는 전투가 벌어진 거야. 당연히 제대로 된 무기도 없이 훈련도 받지 않은 시민들이 쓰러지는 건 순식간이었지. 그나마.다행히 시민 대표의 기지로 기절한 이방인들을 몰래 다른 곳으로 숨길 수 있었어. 얼마 후 깨어난 이방인들은 자신들을 지키고자 죽고 다친 시민들을 추모하며 맹세를 했다고 한다. 원래 세상으로 돌아가기 전에 자신들의 고향이 되어버린 이곳을 마왕의 마수로부터 구하겠다고 말이야.

"먼 이계에서 온 우리를 구하고자 목숨 바친 여러분들을 위해 맹세하겠습니다. 나 김칠환은 불의에 처한 모든 이들을 외면하지 않을 것이며!"
"나 김준영은 세상 만인을 공평하게 대하여 억울한 이들이 없도록 할 것이며!"
"나 조민규는 사람을 홀리는 악마의 눈속임과 편견, 선입견을 처단할 것이며!"
"나 김서인은 연민과 배려를 가지고 아프고 병든 이들을 도울 것이며!"
"나 박민식은 세상에 드리운 어둠에 길을 비추는 작은 등불이 되겠습니다! 편히 잠드소서."

맹세와 함께 진정한 용사로 거듭난 그들은 제국의 황제를 설득해 병사들을 얻어 마왕 토벌에 나선 거야. 첫째 용사는 신부의 드레스처럼 순백의 중절모를 쓰고 악마들의 검붉은 심장마저 서늘하게 할 은제 갑옷을 걸쳐 입고 있었어. 그의 양손에는 커다란 봉 위에 도끼와 단검을 달아놓은 것 같은 할버드라는 무기가 들려

있었지. 그런 그가 나머지 용사들과 황제의 병사들을 이끌고 마왕의 심복인 로키 백작을 만나러 갔단다.

"로키 백작, 나 김칠환이다! 궁전 문을 열어 우리의 검을 받으라."
"무슨 말인가 이방인이여."

로키 백작의 모습은 저 북쪽의 설국에서 볼 수 있는 눈이란 것보다도 새하얗고 병든 사람처럼 창백했단다. 단 한 번도 백작 궁에서 나와보지 못한 사람처럼 말이야.
"백작, 그대가 십수년간 세상에 저지른 것이 안 보이는가? 얼마 전 우리를 급습하고, 시민들을 학살하고 거기다 세수를 미칠 듯이 올려 백성들을 굶겨 죽이고, 너희의 행보는 마치 제국을 저주해 모든 생명을 없애려 하는 것 같구나! 너희가 악마가 아니면 무엇이겠는가!"
"이방인이여 서로를 속이고 자기 뱃속만 기름칠하는 것이 인간이다. 궁전 앞의 나무보다도 한참 못 사는 것이 인간일진대 그 짧은 생안에 수십 어쩌면 수백 명에게도 상처를 주는 것이 인간이다. 어제는 우리 영지에서 아들놈이 부모를 때려죽였더군. 그것은 세상에 필요한 것인가? 종족 간 계급을 만들고 명령하여 이 기괴하게 거대하고 서늘하기만 한 성을 만드는 것이 옳은 것인가? 그것이 인간이다. 인간들의 죗값을 내가 대신 받아내는 게 무엇이 잘 못 되었는가? 너도 똑같구나. 그저 비열하고 한심한 인간일 뿐이다."

"그것은 궤변이다. 자신이 가진 쌀 한 톨마저 나눌 수 있는 건 인간이 가진 측은지심 덕이다. 100년도 채 안 되는 짧은 생안에 법, 체계, 질서, 정의를 만들어 수백, 수천, 수만 명은 이롭게 할 수 있는 것도 인간이다. 자식이 부모를 모시는 것도 동물이 아닌 인간이기에 가능한 것이다. 네 따위 놈이 함부로 판단해서는 안 되는 것이다!"

"이방인들이여 나는 이제 지쳤다. 그만 끝내자."

그 대화를 끝으로 다섯 용사와 로키의 군대가 싸움을 시작했단다. 로키 백작이 제국을 상대하기 위해 양성한 군대만큼은 잘 먹였었다고 하더구나. 군인들의 손은 굳은살로 가득했고, 눈빛은 일반 사람들은 버티기 어려울 만큼 살기를 내뿜었다고 해. 하지만 그런 백작의 군대도 용사들과 함께하는 제국군에는 상대가 안 됐단다. 승기가 용사들에게로 기울 때쯤 백작의 아들이 나타났지. 소문으로는 큰 뱀을 다루는 신기한 능력이 있다고 했었다는데 사실은 그 거대한 뱀 자체가 아들이었던 거야. 말 그대로 괴사지. 어떻게 사람이 뱀을 나을 수가 있겠어. 그래서 아직도 로키 백작의 아들이 사람인지 아니면 뱀이었는지 의견이 분분하단다. 하여튼 그를 본 사람들의 말로는 용사들을 다 합친 것만큼 거대한 뱀이었다고 해. 그의 비닐은 파란색과 주황색 보라색이 얼룩덜룩하게 있어 멀리서 보면 무지개를 보는 거 같았다고 하더구나. 다섯 명의 용사는 각자의 무기를 들고 뱀을 때리고 베고 찔러 겨우겨우 무찔렀다고 해. 뱀의 사체를 뒤로한 채 백작궁에 뛰어 들어가 보니 이미 로키 백작은 스스로 방안의 문고리에 목을 맨 채 죽어 있었단다. 가진 지혜가 너무 뛰어나 하늘의 질투를 샀다는 백작의 말로는 헛된 망상에 갇힌 쓸쓸한 노인의 자살 그 이상 그 이하도 아니었던 거야.

백작을 처치하고 마왕을 무찌르러 다섯 용사가 칠흑같이 검은 탑을 올랐단다. 아까 첫째 용사는 설명을 했지? 둘째는 풍성하고 하늘거리는 망토를 걸치는 것을 즐겼다고 해. 그래서 마지막 싸움이라 할 수 있는 마왕과의 전투에서 청색의 망토를 걸친 채 무쇠로 만든 천칭을 들고 있었단다. 셋째는 몸에 착 달라붙는 검은색의 무복을 입고, 악한 것에 홀리는 것과 선입견을 피하고자 눈을 가린 채 검을 들고 있었다고 해. 그 모습이 마치 저승을 지키는 수문장 같았다고 하더구나. 그리고 마지막으로 넷째와 다섯째는 그들이 왔던 세상 대라메인국의 차림새를 따라 입었다고 해. 티셔츠는 소매까지 잘라 입고 멀쩡한 바지도 무릎까지 잘라 입었단다. 거기다 손에는 메이스라는 대가리에 뾰족한 쇠들이 박힌 몽둥이를 들고 있었는데, 그들은 그것을 도올게비 방마니 라고 불렀다고 한단다. 한명 한명 개성이 넘치던 다섯 용사는 검은 탑을 끝까지 올라가 드디어 마왕을 만나게 됐어.
"야이 미친 법사들아, 네놈들 때문에 온 세상이 병들어가고 있다. 이제 그만하고 죗값을 치러라!"

「"할아버지 나 이해가 안 돼요. 법사가 마왕이야? 법사 되면 마왕 되는 거야?"
"허허. 그건 아니란다. 설명하자면 현재 마왕은 예전 용사들을 불러온 법사들이었단다."
"처음 다섯 용사가 소환됐을 때 그들이 너무 어려서 기다리지 못하고 법사들이 직접 마왕을 무찌르러 갔었다는구나. 그곳에서 다행히 마왕을 처치하는 데 성공했지만 전대 마왕의 사상에 동화된 그들은 새로운 마왕이 되기로 한 거지."」

"이방인들이여 우리는 잘 못 한 것이 없는데 무슨 죗값을 치르란 말인가? 이기적이고 잔인한 족속인 구인류를 멸하고 신인류를 만들겠다는 게 무슨 죄이지? 우리는 세상을 위해 이 한 몸 희생하고 있단 말이다! 너희가 신인류를 대표해 앞장서기를 바랐건만 결국 이 사달이 나는구나."
마왕이 된 법사들의 말이 끝나기가 무섭게 첫째 용사가 말했단다.
"말 같지도 않은 궤변 좀 그만 늘어놓아라. 네놈들의 죄들은 말이다. 온 만인들의 삶을 구렁텅이에 빠트리게 한 죄!"
둘째 용사가 말했단다.
"악인을 악인이라 칭하지 못하게 하고 불의를 부추기고 방관한 죄!"
막내 용사가 말했단다.
"어둠이 있다면 응당 태양만큼 환한 빛이 있어야 하는 법. 너보단 우리가 착할 거다. 고로 너는 어둠 우린 태양 오케이?"

마왕이 돼버린 법사들과 용사들의 전투는 며칠 밤낮으로 이어졌다고 해. 그들의 싸움에 놀란 고라니들은 아기 울음을 내며 도망가기에 바빴단다. 거기다 그곳을 지나던 철새 무리는 세상이 반으로 쪼개지는 듯한 싸움에 놀라서 건너지 못한 무리와 그곳을 건넌 무리로 나뉘어 기약 없는 이산가족이 되었고, 청개구리들은 자기 부모들 무덤이 싸움의 여파로 떠내려갈까 봐 매일 울어댔다고 해.

「"그래서, 그래서 어떻게 됐어요? 할아버지?"
"어떻게 됐긴 이놈아. 너나 너희 엄마나 이 할애비가 이렇게 잘 먹고 잘살고 있는 걸 보면 모르겠느냐? 당연히 용사님들이 이기셨지."
"우와!! 진짜 다행이다. 막내 용사님은 살아남으셨어요?"
"허허 막내 용사님이 마음에 들었나 보구나. 그럼 다섯 분 모두 살아남으셨지."
"휴…. 그러면요. 용사님들은 왕이 됐어요?"
"제국의 황제가 있는데 제국 병사들을 데리고 왕이 되면 반역이 아니겠느냐? 허허 용사님들은 그런 사사로운 것에 연연하시지 않았어. 단지 그들의 고향으로 돌아가길 원했을 뿐이지. 그들은 동방 제국에 있다는 대라메인국이라는 곳을 찾아 먼 여행을 떠나셨단다. 지금도 어디선가 여행 중에 만나는 어려운 사람들을 위해 싸우고 계실지도 모르겠구나.

그들은 진정한 용사니깐."」

4. 그리움×2

나에겐 아내에게 말 못 할 비밀이 있다.

잠을 잘 때는 꿈을 꾸지 않는 것이 건강에 좋다고 하는 것을 TV에서 본 적이 있다. 그 말에 가스라이팅이라도 당한 듯 꿈을 꾸고 난 아침에는 괜스레 더 피곤하기만 했다. 분명히 얼마 전까지는 말이다.
며칠 전 꿈을 꿀 때면 나는 과거로 돌아갔다. 물론 과거로 내가 직접 가는 것은 아니다. 이것을 무엇이라 말할까? 그래 전생이라고 생각하자. 전생.
"여보, 아침부터 무슨 생각을 그렇게 해?"
"어? 아냐. 오늘 꿈자리가 뒤숭숭해서. 미안. 오늘 미역국 맛있다! 어디 밀키트야?"
"치, 밀키트 아니거든요? 내가 오빠 생일 연습하려고 미리미리 끓여본 거야."
"그렇구나. 항상 고마워 모운아. 내 옆에 있어 줘서."

회사의 창문을 열고 환기를 하는데 이 주임이 출근했다. 그녀는 흰색 바탕에 하늘이 연상되는 파란 얼룩이 들어간 원피스를 입고 왔다. 한없이 밝은 그녀는 또 오늘 무슨 인사를 건넬까?
"추 대리님, 메리 크리스마스!"
"이 주임도. 근데 2월에 무슨 메리 크리스마스야?"

"추 대리님의 눈을 보면 그냥 메리 크리스마스라고 인사하고 싶어요."
"이 주임, 추 대리 너네 그러다 진짜 정분난다. 불륜이야 불륜."
"과장님 안녕하십니까."
"아니, 과장님은 아침부터 왜 괜히 질투하신대? 자 과장님도 메리 크리스마스! 됐죠?"

오늘은 거래 대학에 토익 강사 투입 건 관련하여 미팅이 있는 날이라 외근을 나가야 하는데, 부사수인 이주임은 나와 함께 가기를 바란다. 회사 차량의 조수석에서 뜨거운 눈빛으로 날 응시하는 그녀가 가끔은 부담스러워 부장님께 혼자 가고자 하는 의사를 살짝 내비쳤지만, 부사수인 이주임을 데려가 대학 담당자들에게 인사를 시키라는 지시와 함께 거절당했다. 꼼짝없이 그녀의 눈빛을 견뎌야 한다.
외근을 출발하기 전 들른 화장실 세면대에 비친 얼굴에 건조함 대신 옅은 생기가 도는 것처럼 보이는 건 내 착각일까? 얼마 전까지 건조함은 내 안에도 자리 잡았었다. 마음속의 물기가 있었던 적이 언제였는지 기억조차 나지 않았다. 날 한 없이 사랑해 주는 모운이의 밝은 미소가 있는데 왜 이렇게 된 걸까? 심지어 이 주임의 뜨거운 눈빛도 마음속에 작은 물방울조차 만들지 못했다. 그런 내가 요즘 들어 꾸는 전생에서 여진이란 여자를 마주보다 보면 안도하게 된다. '내가 아직 살아있구나. 나도 사랑하고, 슬프하고, 기뻐할 수 있구나.' 그녀의 곁에서 말이다.

이 주임과 대학교 담당자와 미팅 후 학교를 돌며 인사를 다녔다.
"아이고 힘들다. 대리님 만나야 할 사람들 몇 명이나 남았어요?"
"총무과에 이과장님이랑 김 주임만 보면 돼."
"그래도 다행이네요. 5분 컷 어때요? 지금부터 시간 잽니다. 그리고 5분 넘어가면 대리님이 커피쏘기!"
"그래, 커피 좀 마시고 들어간다고 안 죽으니깐."
그녀의 칭얼거림 덕에 심심하지는 않게 학교 업무를 마치고 카페에 들렀다. 그녀는 자신의 이야기를 주로 하며 가끔 사심이 느껴지는 질문을 던졌는데 오피스와이프에 관해 물어보거나 쉬는 날에는 뭘 하는지, 아내는 무슨 일을 하는지 물어봐서 별생각 없이 답해주었다. 그녀는 개인적인 이유로 할아버지와 할머니의 손에 키워져 부모님과 못 본 지도 오래됐고, 그래서 결혼 할 사람이 생기면 어떻게 말해야 할지 모르겠다고 고민을 말했다. 아무리 밝은 척을 해도 가끔 안쓰럽고 외로워 보일 때가 있었는데 이런 이유인가 싶었다. 그녀는 밝은 성격으로 회사에서 분위기메이커를 자처해 그녀의 주변에는 항상 사람이 넘쳐 났지만, 꽃 한 송이에 벌들이 아무리 몰려들어도 꽃은 결국 한 송이일 뿐이니깐.

차의 히터는 이 주임의 고된 인생까지는 아니더라도 오늘의 작은 번민을 잊게 해줄 정도는 되나보다. 옆좌석에서 곤히 졸고 있는 그녀의 모습을 보며 생각에 잠겼다. 오늘도 잠이 들면 여진이를 만날 수 있을까? 오늘 기억할 전생의 나는 그녀에게 무슨 말을 건네고 있을까? 어떤 사랑을 속삭이고 있을까? 졸다 뒤척이며 나를 쳐다보는 이 주임을 보고 헛된 망상에서 깼다. 도망치듯 집에 있을 모운이가 생각났다. 저녁에는 그녀를 위해 저녁을 차려줘야지. 퇴근하면서 마트에 들러 두부 한 모를 사서 그녀가 좋아하는 순두부찌개를 끓여야겠다. 두부와 헛된 감정과 망상들을 몽땅 탈탈 털어 넣어 아주 팔팔 끓여야지.

다행히도 모운이는 오늘의 저녁이 꽤 로맨틱했나 보다. 내게 사랑을 담아 몸을 부대끼고 자는 것을 보면 말이다. 그녀를 겨우 재우고 숨을 크게 들이쉬며 생각을 정리했다. 아니 감정을 정리했다. 전생의 소여진이라는 여인과 보내는 하루가 현생의 1년보다 가치 있다고 느끼는 나는 정상일까? 내일도 꿈에서 깨면 가슴앓이에 눈물이 날까? 몸속에 손이 쑥 들어와 심장을 쥐락펴락하는 아픔이 이런 걸까? 그녀 덕에 다시는 느끼지 못할 감정을 가슴에 품지만, 다시는 느끼고 싶지 않은 그리움도 품어야 했다.

"오라버니! 오늘은 어디 갈 거야?"

"여진아! 오늘 저녁에 우리 학교 뒤쪽에 가볼려? 거기에 귀신이 나온다는 소문이 있어."

"오! 진짜? 너무 재밌겠다! 근데 아빠가 가만 안 둘 거 같은데…. 저번에도 늦게 들어갔더니 한 번만 더 늦게 오면 머리카락 다 잘라버린다고 가위 들고 난리도 아니셔서…."

"에이, 아저씨는 걱정마. 내가 우리 엄니한테 말해서 막걸리 하나 가져다 드릴겨. 그러니깐 잔말 말고 이따 저녁에 나와. 알았지?"

"치, 그럼 난 오빠만 믿는다? 혹시라도 나 머리카락 다 잘려도 이뻐해 줘야 해. 알았지?"

"하하하 가시나야. 걱정마. 넌 저기 스님들처럼 **빡빡** 밀어도 이뻐!"

전생에서 깨고 느끼는 감정들은 낯설기만 하다. 꿈이

아니니깐. 겪었던 사실이니깐. 그리고 내가 해보지 못한, 앞으로도 하지 못할 사랑을 했었다는 걸 알아버렸으니깐. 나도 저렇게 웃을 수 있다는 걸 알아버렸으니깐.

"어허! 여보, 또 또 요즘 왜 그래. 자꾸 넋 나간 사람처럼 말이야."

"미안, 매일 아침 차려줘서 고마워. 오늘도 사랑해."

"오구오구 그래도 우리 오빠처럼 예쁘게 말하는 사람도 없지. 암."

"근데 모운아 너 혹시 전생을 믿어?"

"전생? 아침부터 무슨 귀신 씨나락 까먹는 소리야. 이 양반이. 말 예쁘게 한다는 거 취소!"

오늘은 월차를 내서 건강상의 이유로 휴직 중인 모운이를 데리고 오랜만에 야외 데이트를 나왔다. 그녀는 선천적으로 몸이 약해 미숙아로 태어나서 인큐베이터 생활을 시작으로 그녀의 고난은 시작됐다고 했다. 지금은 간 쪽에 문제가 생겨 건강상 휴직을 하고 있지만, 그녀의 친가고 외가고 다 강골들이라서 통뼈를 가지고 있어 감기 하나 안 걸린다는 것이다. 그녀의 아빠도 그녀의 남동생도 말이다. 아버님을 봤을 때는 통뼈가 맞는 거 같긴 한데, 그녀의 동생, 아니 이복동생이라고 해야겠다. 모운이의 배다른 남동생이니깐. 어릴 때부터 이탈리아에 살고 있어서 못 본 지 10년이 넘었다고 했던가? 그래서 나도 본 적이 없어 정말 튼튼한지는 알지 못한다. 우리 결혼식 때도 참석하지 않아서 궁금하긴 하다. 엄청 잘생겼다고 하긴 했는데.
"오빠, 이거 후드티 어때? 귀엽지 않아? 이게 요즘 잘 나가는 브랜드래."
"안쪽에 기모가 있는 게 따뜻하긴 하겠다. 오랜만에 나왔으니깐 웬만하면 다 사자. 한번 입어보고 나와."
"앗싸! 근데요. 저…. 오라버니. 소녀 소원이 있사옵니다. 저 그러면 저기 바지도 한번 ?"
"후후 그렇게 해 모운아."

오늘도 전생에서 그녀를 만날 것이다. 분명히 그리하겠지. 그녀를 만나면 오늘은 꼭 얼굴을 기억하리라. 이 통증이 그녀의 얼굴을 기억하지 못하는 그리움에서 시작하는 걸지도 모르니깐. 그래서 내가 살고자 그녀의 얼굴을 기억해야 한다. 오늘은 일어나서 울지 않아야지. 아프지 말아야지. 모운이 앞에서 아침마다 아련하고 가련한 표정을 짓는 것은 못 할 짓이다. 사랑에 유통기한이 있다면, 나를 이리도 아끼고 귀하게 여겨주는 모운이와 사랑의 기한이 가장 길었으면 한다.

"야! 정신 안 차려? 전쟁이라고 전쟁 인마!!"
"웅…. 웅? 미,미안혀. 나 근데 저기 군인 아저씨들 따라가기 전에 여진이 한 번만 보고 오면 안 될까?? 금방 보고 올겨. 나 꼭 해야 할 말이 있어서 그려!"
"무슨 소리야!! 너 그러다 북쪽 놈들한테 총 맞아 뒤지고 싶어서 그래?? 지금 어디서 튀어나올지 몰러! 여진이도 이해할겨. 빨리 가자."
"아니…. 그래도, 진짜 금방…. "
"야 이 병신새끼야! 지금 너만 그런 줄 알아?? 나도 울 엄니한테 가서 사랑한다고 잘 살라고 안아주고 오고 싶단 말여! 이 개새끼가 너만 사람이여? 너만 사람이냐고!"
"미안혀…. 진짜 미안혀…. 그래 가자!"

회사 출근길에 다시 한번 어제 꾸었던 전생에 대해 생각을 정리했다. 전쟁이라니…? 오늘 그녀의 얼굴을 봤어야 하는데…. 그래야 이 그리움을 조금은 덜어낼 텐데. 전쟁이라면 설마 평생 못 보고 죽는 건 아니겠지? 그런 건 아니겠지? 북쪽 놈이라는 명칭을 생각하니 6.25를 말하는 건가? 하, 일이 너무 꼬였다. 모운이를 앞에 둔 채 평생 다른 여자를 그리워할지도 모른다는 생각에 온갖 잡념이 떠올랐다 사라졌다.

"추 대리님! 또 무슨 생각을 그렇게 하세요?"
"어? 아, 아냐. 이 주임 근데 무슨 일이야?"
"추 대리님 오늘 또 저랑 외근인데, 오늘은 제가 커피 쏠게요. 콜?"
외근을 나와 이 주임의 수다를 듣다 보니 마음이 한결 가벼워졌다. 그래, 차라리 조용한 것보다는 시끄러운 게 낫겠어. 오늘 그녀와 외근 나온게 오히려 다행이구나.

퇴근 후 저녁을 먹고 모운이와 너튜브로 쇼츠를 함께 보면서 따라도 해보고 장난도 치면서 시간을 보냈다. 집에만 틀어박혀 있는 요즘 나를 얼마나 기다리고 있을지 상상이 안 간다. 강아지처럼 집 앞에서 현관문만 쳐다보고 있을지도 모르는데, 함께하는 저녁 내내 오로지 잠든 후 기억할 전생만이 머릿속에 있어 그녀에게 죄책감이 들었다. 만약 전생의 그녀의 얼굴을 기억하게 된다면 나는 모운이를 그대로 사랑할 수 있을까? 아니, 모운이만을 사랑할 수 있을까? 이미 답이 정해져 버린 고민에 나를 더욱 혐오하게 된 밤이었다.
"학도병 2분대 새로운 신병 여깄지? 내일 다른 소대로 발령 날 거야. 대기하고 있어."
"네, 알겠습니다! 김 일병님. 근데 어디로 가는 겁니

까?"

"인천으로 간다. 인천에서 큰 작전을 할 건가 봐. 거기에 우리도 참가하게 됐다."

결국 오늘도 그녀를 보지 못했다. 인천에서 큰 작전이면 인천상륙작전을 말하는 걸까? 거기에 가는 거면 죽을 확률이 더 높지 않을까? 나는 결국 그녀를 보지 못하고 죽는 것일지도 모르겠다. 전생에서 내가 죽게 되면 이 전생 탐험은 끝나는 것일까? 아니면 다시 시작되는 것일까?

그녀를 다시 볼 수 있을지도 모른다는 기대를 버렸다. 그냥 빨리 이 전생 체험이 끝난 뒤 어떻게 될 것인지가 궁금할 뿐이었다. 오늘은 잘하면 꿈에서 총을 맞을 수도 있겠는걸? 고통에 몸부림치며 꿈에서 깨어난다면 모운이에 대한 죄책감이 조금은 덜할까? 그랬으면 좋겠다.

"야 신병, 너 땡잡았다. 작전이 하루 늦춰져서 자유시간도 받고 말이야. 소대장님이 너 데리고 콧바람 좀 쐬고 오시라는데 말이야. 오늘 너네 동네나 가볼래? 여기서 코 앞이라며."

"정말이지 말입니까? 김 일병님 제가 모시겠습니다!!"

"근데 동네 사람들이 있기나 할까? 지금 전쟁 통에 다

밑으로 내려갔다고 하던데."
"아마 없겠지 말입니다…. 그래도 혹시라도 모르지 않습니까. 정말로 아직 동네에서 버티고 있을지도 말입니다."
"너 뭐 좋아하는 여자 있다고 하지 않았냐? 걔도 너네 동네야?"
"네! 결혼을 약속했지 말입니다. 저희 동네입니다! 정말, 정말 만약에 아직 동네에 있다면 꼭 인사 시켜드리겠습니다."
이쯤이면 깨어나야 했을 꿈이 오늘은 조금 길었다. 김일병과 함께 걸어서 한 시간 거리에 있는 우리 동네에 가게 됐다. 그 와중에 다행히도 동네 부근은 아직 북한의 손길이 닿지 않은 듯 했다. 사람이 없어서 스산할 뿐이지 전쟁의 흔적은 보이지 않았고 수풀을 헤쳐 근 한 달 만에 다시 오게 됐다.
아마 지금쯤 서울과 경기도는 총과 폭탄으로 성한 건물이 없을 텐데 우리 동네는 이상하리만치 멀쩡했다. 이유를 고민하기보다는 다행이라 생각하며 가슴을 쓸어내렸다. 동네를 거닐며 중간쯤 위치한 우리 집까지 다다랐지만 당연히 엄마와 누나는 없었다. 피난길에 올라섰으리라. 동네 마지막쯤 다다랐을 때 나는 숨이 멎을 뻔했고, 머리가 쭈뼛 스며 눈이 튀어나올 뻔했다. 그

토록 그리워하던 그녀의 뒷모습이었다.

여기서 꿈을 깨는 것은 무엇을 의미할까? 어제 기억한 전생 뒤의 장면을 영원히 보지 못하게 해서 나 같은 놈은 평생 그리움이라는 빚을 받아야 한다는 하늘의 뜻일까? 내 간절함이 아직은 하늘에 닿지 않아서였을까? 30초 아니 10초만 더 꿈꿨다면 분명히 그녀를 보았을 텐데.
모운이가 정성스레 차려준 아침밥이 매년 한 번씩은 가는 태안 바다의 모래처럼 씹혔다. 도저히 밥이 넘어가질 않아 물에 말아 겨우 먹은 뒤 회사에 출근했다.
"이 주임, 오늘 외근 있잖아 나 말고 과장님이랑 다녀오면 안 될까?"
"왜요? 추 대리님 바쁜 거 있으세요?"
"그건 아니고…. 내가 오늘 컨디션이 좋지 않아." "아아, 힝. 어쩔 수 없죠. 오늘 추 대리님이랑 외근 가려고 재밌는 얘기도 한 보따리 준비해 왔는데 아쉬워요." "고마워. 다음에 실컷 들려줘. 열심히 경청할게."
"네…. 김 과장님 들으셨죠? 오늘 저랑 좀 같이 가주세요. 전생 얘기 해드릴게요."
"암. 암. 이 주임이랑 가는 거면 언제든 좋지. 오늘 운전은 내가 할게. 이 주임은 푹 쉬어."

"잠, 잠깐만. 이 주임 지금 전생 얘기라고 했어? 생각해 보니깐 내가 오늘 컨디션이 괜찮은 거 같네. 지금 가자."

아뿔싸. 전생 이야기에 나도 모르게 흥분해 버리고 말았다. 이미 같이 가기로 했는데 다시 취소할 수는 없다. '그래 가기로 한 거 무슨 이야기인지 들어보기나 하자.' 결심이 선 나는 급하게 대충 서류를 챙겨 이주임을 데리고 외근에 나섰다.

"이 주임, 오늘 전생 이야기한다고 하지 않았어?"
"아! 우리 추 대리님이 전생 이야기가 궁금하셨구나. 막 오컬트 같은 거 좋아하고 그러시죠? 의외네요. 운전 중에 졸지 마시라고 자극적인 거 찾다가 너튜브에서 본 얘기에요."
"어떤 이야기인데?"
"전생이란 건 사실 엄청난 '한'으로 인한 거래요. 크나큰 '한'을 가지고 죽어버린 혼이 자신의 윤회 순서를 못 참고 결국 순서를 어기고 다시 태어난다는 거예요. 한마디로 새치기로 환생한다는 거죠. 그러다 보니 죽은 지 몇 년 또는 몇십 년밖에 안 된 혼 들은 과거의 잔상을 가지고 다시 태어난대요. 그래서 가끔 과거의 잔상인 전생을 꾸는 사람이 있기도 한 거라고 하더라고요."

"그렇구나…. 신비로운 이야기네."
"그뿐만이 아니에요. 윤회 순서를 어기고 태어난 혼은 자신의 '한'이 되었던 것을 풀기 위해 무의식중에 노력한다고 하더라고요. 그것을 꿈으로 삼기도 하고 목표로 삼아서 살아가는 거죠. 누군가를 너무 사랑하다 죽게 돼서 '한'이 되어버리면 다시 태어나서 그녀를 찾아가는 거죠. 아흐, 너무 낭만적이지 않아요? 전생에 못 이룬 사랑을 이생에 이룬다고 생각하니 괜히 눈물 날 거 같아요."

전생을 꾸는 사람이 나 말고 또 있을까? 나밖에 없을지도 모른다. 사실 윤회까지 갈 것도 없이 전생 체험은 우연의 산물일지도 모른다. 우연히 꾼 꿈에 내가 너무 깊이 빠져들어서 무의식적으로 그 꿈만을 생각하다 보니 계속해서 꾸는 걸지도 모른다. 자각몽? 루시드드림? 뭐 그런 것들도 비슷한 게 아닐까? 그것이 아니라면 말이다. 정말 아니라면 말이다. 이 주임의 심심풀이 같은 말이 사실이라면 내 옆에 있는 모운이야 말로 여진이 그녀다. 전생의 내가 맺힌 한을 풀기 위해 그녀를 찾아 결혼한 걸지도 모른다.
"여보, 밥 먹다 말고 뭐해."
"회,회사일 생각했어. 미안."

"어휴, 그 회사는 쪼끄만한게 일은 대빵 많이 시켜요."

불현듯 오늘의 전생 체험이 마지막일지도 모른다는 생각이 들었다. 그래 내일부터는 다시 평범한 삶으로 돌아가는 것이다. 내일부터는 다시 운동을 다니는 거다. 내일부터는 모운이와 애를 가지는 것에 대해 진지하게 생각해 봐야겠다. 내일부터는….
나는 그녀의 뒷모습을 발견하자마자 이름을 부르며 달려가 그녀를 안았다.
"여진아!!!"
"오라버니 오라버니 맞아요? 나,나 오,오라브니를…. 흐흡…."
그녀의 얼굴을 기억 속에 앉혀서 놓고 싶은 건 나뿐만이 아닌가 보다. 전생의 나도 그녀의 얼굴을 보기 위해 품에 안긴 여진의 얼굴을 두 손으로 정성스레 끌어와 마주했다.
"미안혀 미안혀. 여진아 미안하다. 우리 가시나 얼굴 좀 보자! 크홉, 울다가 웃으면 엉덩이에 뿔난다! 가시나야."
나는 쏟아지려는 눈물을 참고 활짝 웃으며 농담했다. 그녀의 얼굴을 보았고, 기억하려고 애썼다. 잠이 깨고 나서 제일 먼저 한 것은 오늘따라 내 옆에서 아직 늦잠을 자는 모운이를 본 것이다. 여진이가 나의 그녀를 참 많이 닮았다. '다행이다.' 안도의 한숨을 내쉬었다. 완전히 똑같은 얼굴은 아닌 거 같았지만, 어떻게 전생과 같은 얼굴일 수 있겠는가. 이정도 닮았다는 것만으로 여진이가 그녀라는 것에 확신이 들었다. 그렇다. 이 주임의 심심풀이 같은 말이 사실이었다. 나는 '한'을 푼 것이리라. 모운이를 계속해서 사랑할 수 있게 돼서 다행이라고 생각하며 잠든 그녀의 머리를 쓸어내렸다. 커튼 사이로 들어오는 햇살이 오늘따라 더 노란 빛이 돈다. 검은 손아귀가 쥐어짜던 심장 속 맺힌 그리움은 더 이상 없다. 이제 가끔 여진이가 생각나면 모운이를 보면 되니깐. 나는 알 수 있었다. 앞으로 더 이상 전생을 꾸지 않을 것이란걸.

·
·
·

이탈리아라는 나라는 아름답고 낭만적이지만 이틀이 멀다고 한국이 그립다. 밀라노에서 7년, 나폴리에서 4년의 세월이 흘렀다. '하, 외할머니 김치 먹고 싶다.' 아직도 엄마가 해주는 김치는 외할머니 김치맛을 못 낸다. 세월이 흘러도 변하지 않는 것이 좋은 것만은 아니란 걸 알게 된 계기였다. 오늘따라 하늘이 오일파스텔을 머금어 구름이 입체적이고 부드러운 색을 띠었다. 가만히 보고 있자니 친구들을 싹 다 불러서 카포디몬테 공원에 피크닉을 가고 싶었지만, 안타깝게도 내게는 노는 것만큼 중요한 일이 있었다.

"소피아, 내가 요즘 이상한 꿈을 꾼단 말이야. 옛날 한국을 배경으로 한 꿈인데 이게 꿈 같지가 않아."

"미스터 쏘 아니 리첸 그래서 점성술을 봐달란 거야 타로를 봐달란 거야."

"타로를 봐줘. 소피아는 점성술보다는 타로카드가 잘 맞더라고."

"헛소리! 나는 점성술도 잘 맞춰. 궁금하면 돈만 내. 자, 그럼 이 카드에서 뽑고 싶은 거 한 장을 뽑아."

"한 장만 뽑으면 돼? 평소에는 몇 장씩 뽑더니 웬일이래. 그럼 난 이 카드."

"오호. 심판 카드가 나왔네. 심판 카드는 부활과 재회를 의미해. 너는 꿈이 아닌 전생을 꾸는 걸지도 몰라. 지금의 너로 태어나기 전 너의 전생 말이야. 그리고 재회는 네가 꾸는 전생에서 염원하던 누군가와 다시 만나는 게 아니라면, 환생한 네가 대신 만나게 될지도 모르겠네!"

"소피아 이번 건 좀 그럴싸했어. 흠, 좋아. 꿈이 아니라 전생일지도 모른다는 거지? 거기다 그 남자를 볼 수도 있다는 거고?"

오늘 같은 날 타로만으로 하루를 보내기에는 아쉬워서 근처 바닷가 카페에서 에스프레소를 마시기로 했다. 2월이라고 밖이 조금 쌀쌀했지만, 어렸을 적부터 이유 없이 하늘 보는 것을 유달리 좋아하던 나다. 바닷가 바람과 힘겨루기를 할 참으로 카페 근처 적당히 누울 만한 곳을 찾아보고 있을 때였다. 자기 몸만 한 배낭을 멘 미국인으로 보이는 한 여자가 말을 걸었다.
"와우, 너 한국 모델이야? 진짜 잘생겼다."
"나? 아냐, 하하. 잘 봐줘서 고마워. 너는 여행 온 거니? 미국? 캐나다?"
"응, 미국에서 왔어. 괜찮으면 우리랑 같이 맥주 한잔 할래? 친구는 잠깐 화장실 갔어. 걔도 미국인인데 나보다 예뻐!"
"나야 영광이지."

새로운 미국 친구들과 맥주를 한 잔 마시고 집에 돌아와 침대에 누웠다. 나는 그 예쁜 미국 친구들보다 꿈에서 그를 만나고 싶다. 내 잘생긴 얼굴로 전생의 꿈에서 만나는 그의 촌스러운 말투, 생김새가 귀엽다는 발언을 영상으로 만들면 이슈가 되지 않을까라는 잠깐의 상상을 했다. 오늘 꿈꾸고 나면 나는 또 그의 얼굴이 기억나지 않겠지. 사랑과 선망을 함께 하고 있어서 대상을 찾지 못하는 내 마음속 나침반은 그를 만날 수 있는 특별한 이 시간을 기다리며 뱅글뱅글 돌기만 할 뿐이다. 드디어 뱅글뱅글 돌기만 하던 마음속 나침반이 멈춰 섰다.

"오라버니! 오늘은 어디 갈 거야?"

오늘은 나와 있겠다고 말해줘.

"여진아! 오늘 저녁에 우리 학교 뒤쪽에 가볼려? 거기에 귀신이 나온다는 소문이 있어."

"오! 진짜? 너무 재밌겠다! 근데 아빠가 가만 안 둘 거 같은데…. 저번에도 늦게 들어갔더니 한 번만 더 늦게 오면 머리카락 다 잘라버린다고 가위 들고 난리도 아니셔서…."

차라리 한번 잘려서 그에게 단발머리도 보여주고 싶어.

"에이, 아저씨는 걱정마. 내가 우리 엄니한테 말해서 막걸리 하나 가져다 드릴겨. 그러니깐 잔말 말고 이따 저녁에 나와. 알았지?"

"치, 그럼 난 오빠만 믿는다? 혹시라도 나 머리카락 다 잘려도 이뻐해 줘야 해. 알았지?"

내가 세상에 믿는 건 엄마뿐인데 얼굴도 못 본 그를 의지하게 될 줄이야. 그의 모든 것이 궁금해.

"하하하 가시나야. 걱정마. 넌 저기 스님들처럼 빡빡 밀어도 이뻐!"

아무리 생각해도 꿈속의 여진, 그녀는 나를 똑 닮았다. 아니 내가 머리를 기르면 저렇게 생기지 않을까 싶다. 그는 내 조상이었을까? 아니면 그냥 우연히 닮은 것일까? 지금 무슨 소리를 하고 있는지 모르겠다. 이제는 이것이 꿈인지 전생인지 모르겠다. 그리고 그것이 나인지 그냥 꿈에서 왜곡된 것이라서 나로 보이는 것인지도. 머리가 복잡해지기만 했다. 이럴 때는 콧바람을 쐬어야 하는 법이다. 내가 좋아하는 가이올라 해변에 누워서 하염없이 파란 하늘을 볼까도 생각했지만, 역시나 이 날씨에 그러기에는 궁상 맞아 보일 거 같았다. 그래, 차라리 극장을 가자.

오랜만에 엄마를 모시고 오페라 극장으로 향했다. 집 앞 카페에서 파트타임을 하는 내게는 엄청난 결심임을 우리 엄마는 아시려나? 벌이가 많지 않다고 하더라도 엄마와 오랜만의 데이트까지 돈을 아끼고 싶지 않았다. 그래서 적당한 좌석으로 인당 130유로를 주고 예매한 산 카를로 극장의 위용은 갈 때마다 사람을 위축 들게

만든다. 오페라 극장답게 화려함과 웅장함은 기본이고 5층으로 이루어진 좌석은 어릴 적 크리스마스에 엄마가 사주신 어드벤트 캘린더를 연상케 한다. 저 기둥 사이 사이마다 크리스마스 선물이 있지 않을까 하며 좌석을 찾아 앉았다.
"엄마, 마스크 또 잃어버리지 말고 이리 줘요. 요즘 감기 때문에 난리라니깐.
맞다! 나 궁금한 거 있어요. 할머니는 어떤 사람이었어요? 할아버지는?"
"참, 엄마 걱정은 잘해. 글쎄다. 너희 할머니는 스무 살에 갓난아기인 너희 아빠만 남겨놓고 돌아가셨다고 하던데? 할아버지는 네가 아는 대로 꼬장꼬장한 양반이지."
"혹시 할아버지가 막 '할겨, 말겨' 이런 말투 셨어…? 아! 할머니랑은 같은 동네 살았고?
"얘가 무슨 소리야 갑자기. 하여간 너희 할아버지는 완전 서울 토박이야. 사투리나 방언을 한국말로 생각하지도 않는 양반이야. 가시나? 그런 단어 쓰라고 하면 창씨개명 급으로 난리 치실게 뻔해. 융통성이라고는 일도 없어. 너네 아빠랑 똑같다. 그리고 너네 할머니는 충북 어디 산골짜기 출신이라고 하시던 거 같은데 나도 잘은 모르겠어."

"응…. 고마워 엄마. 맞다! 그럼 혹시 할머니, 할아버지 사진 같은 거 있을까?"
"얘가 미쳤나? 너희 아빠랑 찍은 사진도 다 지워버렸는데 그 사람들 사진을 왜 가지고 있어. 그리고 아까 모운이한테 연락 왔더라. 이번에는 좀 오라던데. 결혼식도 안 오고 자기 삐지는 꼴 보고 싶냐고 협박하더라."
"모운이 누나? 그럼 엄마 이번에 한국 다녀오자! 나 김치, 제대로 된 김치 먹고 싶어!"
"얘가 오늘 아주 미운 소리만 하네. 엄마 김치가 어때서!"

요 며칠 그를 보지 못하고 있다. 전쟁이 발발해서 그는 친구와 함께 전쟁터로 끌려갔다. 자기가 무슨 전쟁 필수 인력이라고 작별 인사 한번 없이 급하게 가냐고! 전생의 나는, 그러니깐 여진이는 이제 동네에 있을 시간이 얼마 남지 않았다. 이미 오늘의 꿈에서 그녀는 부모님을 따라 피난길에 올랐을지도 몰랐다. 카지노 한 번 가본 적 없지만, 오늘은 여진이가 부모님을 따라 피난길에 올랐을 거라는 것에 올인 하고 싶었다. 왜냐하면 내 삶은 한 번도 내가 원한 대로 흘러가지 않았으니깐. **그는 내 뒷모습을 발견하자마자 내 이름을 부르며 달려와 나를 안았다.**

"여진아!!!"

"오라버니 오라버니 맞아요? 나,나 오,오라브니를…. 흐흡….."

그의 얼굴을 기억에 각인시키고 싶었지만, 나는 흐르는 눈물에 그의 얼굴을 담기조차 힘들었다. 그래서 그의 살 내음이라도 맡고자 품에 얼굴을 묻었다. 그는 품에 안긴 내 얼굴을 끌어와 정성스레 눈물을 닦아주고는 마주했다.

"미안혀 미안혀. 여진아 미안하다. 우리 가시나 얼굴 좀 보자! 크흡, 울다가 웃으면 엉덩이에 뿔난다! 가시나야."

그는 쏟아지려는 눈물을 참고 활짝 웃으며 농담했다.

오늘을 마지막으로 꿈 같던 전생을 보는 것이 끝나리란 걸 예감했다. 그가 살았는지, 죽었는지, 여진이라는 여인이 과연 나였는지 아무것도 모른 채 끝나버렸지만, 나는 그의 얼굴을 가슴에 기억한 것만으로 충분했다. 나폴리의 에메랄드빛 바다보다 예쁜 건 없으리라 생각했는데, 내 전생의 기억이 윤슬처럼 반짝일 줄 알았으면 진작에 한국에 가볼 걸 그랬다. 그래, 이제라도 한국에 가서 모운이 누나도 만나고 매형한테도 인사드려야겠다. 간 김에 맛있는 김치도 찾아봐야지.

"밀라노QTV 속보입니다. 원인을 알 수 없는 감기 바이러스가 동아시아에서 시작되어 전 세계로 빠르게 확산 중인 가운데 오늘 국내에서 스무 번째 사망자가 발생했습니다. 세계보건기구에서는 이 바이러스를 코로나19로 명칭하고 팬데믹 선언을 하였습니다. 외국에서 귀국 후 14일간은 가급적 바깥 외출을 피하시고 발열, 오한 시에는 즉시 보건소에 신고해 주시길 바랍니다. 또한 한국, 중국, 일본 등으로 향하는 동아시아 편의 항공기는 당분간 운행을 중지하도록 하는 등 강경한 대응을 펼칠 것으로 보입니다."

●

"야 신병, 시간 없어! 빨리 돌아가야 돼! 니 가시나도 엄마 따라갔잖아! 왜 이렇게 꾸물거려. 더 늦으면 북쪽 놈들이 아니라 소대장한테 맞아 죽는다고!"
"김 일병님 죄송합니다. 이 편지만…. 다 썼습니다. 거의 다 썼습니다."
오늘 여진이를 만나지 못하면 편지라도 써 놓고 올참

으로 챙겼던 편지지에 급하게 바람을 담았다. 여진의 집 마당에 편지지를 놔두고 그 위에 돌멩이를 얹어놓았다.
"이 새끼가 진짜 오냐 오냐 해줬더니 너 빨리 안 와?"
"죄송합니다! 기다려주셔서 감사합니다! 제가 앞으로 김 일병님을 형님으로 모시겠습니다! 하하."

여진아, 나는 저 파란 하늘이 참 좋다.
왜냐하면 너와 같은 하늘 아래 있으니깐 말이여.
아직은 총도 폭탄도 제대로 본 적이 없지만 조만간,
박씨 아저씨네 앞마당 잡초마냥 실컷 볼 것 같어.
그래서 같은 하늘 아래 있는 게 중요한겨.
이게 무슨 말인가 싶겠지만 말이여. 만약에 아주 만약에,
내가 총이라도 맞으면 바닥에 누워서 할 수 있는 게
하늘을 보는 것밖에 더 있겠냐.
그러니께 너도 하늘을 자주 올려다봐.
내가, 내가 보는 하늘이 쓸쓸하지 않게 해주라.

5. 내셔널 스탠다드 메리지

저출산 대책 관련하여 발의된 내셔널 스탠다드 메리지 프로젝트의 최종 안건이 국회 통과 되었습니다. 위 프로젝트의 중점 내용은 만 50세 이상의 미혼인 남녀는 집, 차 등을 자신의 명의로 가질 수 없고, 통장의 개설이 불가하며 투표권 또한 박탈됩니다.

며칠 전 저출산과 관련하여 국가에서 프로젝트를 발표했을 당시 한마디로 난리가 났었다. 국회 앞에는 셀 수도 없는 사람이 운집하고 각 지역을 대표하는 공원에는 사람들이 모여서 집회를 열었다. 인간의 존엄성과 인권을 침해한다는 것이 주된 내용이었다. 모여있는 사람들한테 왜 그런데 기운을 빼냐고 50살 전에 결혼하면 되는 건데 그게 뭐 어렵냐고 말하고 싶었지만, 신경 쓰지 않기로 했다. 뭐 나와 상관없는 일 아닌가. 나는 그저 잘나가는 대기업 과장으로서 좋은 차와 수도권의 목 좋은 곳에 분양받은 집에서 배 따땃하게 살면 되는 거다. 저런 사람들이랑은 엮이지 말아야겠다는 생각이 다시 스멀스멀 올라올 때쯤 늙다리인 동갑내기 여자친구 마라에게 전화가 왔다.
"버터 씨, 오늘 드라이브 가자며! 맛있는 레스토랑도 봐뒀다며. 몇 시쯤 올 거야?"
"금방 갈게. 그리고 오늘 레스토랑 안가."

"버터 씨, 아니 양버터! 너 왜 맨날 네 멋대로야 며칠 전에 그냥 나 화 풀려고 한 말이었어? 우리 한 달 동안 어디 제대로 가본 적도 없는데 자꾸 이럴 거야?"
"뭘…. 내가 어쨌다고. 나 피곤해서 그래. 알잖아 나 요새 일 바쁜 거."
"그럴 거면 그냥 오늘 오지 마!"
항상 이런 식이다. 나도 힘든데 자기만 생각하는 이기적인 년.

．
．
．

1년 전 시행되었던 내셔널 스탠다드 메리지 프로젝트의 영향으로 혼인, 출산율이 비약적으로 상승함에 따라 새로운 개정안이 국회 통과를 앞두고 있습니다. 새로운 개정안에는 만 50세에서 만 45세로 나이 상한선을 낮추고 40대 이상의 남, 여간 혼인은 프로젝트 개정안에 새롭게 명시된 '표준'을 통과해야만 혼인으로 인정됩니다. 가족부에서는 이와 같이 나이 상한선을 낮추고 '표준'이라는 내용이 추가 된 것에 대하여 다음과 같이 밝혔습니다. 고령자의 정자와 임신은 사회에 문제를 일으키는 부정적인 유전자를 물려줄 확률이 높아진다는 사실을 국제산부인과학회에서 발표하였기 때문이며, 저출산 극복과 사회 질서유지에 최선을 다할 것이라고 전했습니다. 이상 뉴스테이블 이순풍 기자였습니다.

어제 뉴스 속보를 보자마자 든 생각은 '아, 좆 됐다'였다. 지금 내 나이가 만 44세니깐 내년 1월 생일이 지나면 만 45세가 된다. 한마디로 그 안에 결혼과 저 '표준'이라는 것을 통과해야만 집과 차를 유지할 수 있다. 말이 집과 차를 가질 수 없게 하겠다는 거지 사회에서 매장하겠다는 것과 다를 바 없었다. 실제로도 작년에 프로젝트가 시행되었을 때 만 50세가 넘은 미혼 남녀들은 거의 전 재산을 압류당했으며, 직장에서도 그것을 문제 삼아 일도 그만두어야 했다. 평범한 일상이 한순간에 무너진 그들은 대부분 사회에서 사라졌다. 말 그대로 사라져 버렸다. 자살과 자살로 보이는 실종 등이 급증하였으나, 이미 저출산과 촉법소년들의 문제로 발등에 불이 떨어진 국가는 눈 하나 깜빡이지 않았다. 내가 대상이 아닐 때는 국가가 아주 시원시원하게 일을 잘하는 거라고, 어차피 누군가는 칼춤을 춰야 하는데 마땅히 해야 할 일이라고, 내 일이 되기 전까지는 그렇게 생각했었다. 아, 이럴 때가 아니다. 나의 구명줄인 마라에게 전화를 걸어야 한다.

"마라야, 밥 먹었어? 안 먹었으면 이따가 저녁에 맛있는 거 먹을까?"

"버터 씨, 나 오늘 약속 있는데? 그리고 왜 이리 다정? 어제 뉴스 봤나 보네."

"누구랑 약속 있는데? 설마 김 과장 그 새끼 아니지? 야! 너 그거 바람이야."

"내가 누구랑 먹든 뭘 상관이야! 그리고 바람? 네가 저번달에 회사에 새로 들어온 애랑 밥 먹고 영화보다 걸린 건 뭐 자선사업이냐! 이 시발!"

"이 시발?! 하…. 여기까지만. 그래 여기까지만 하자. 너 하여간 김 과장 그 새끼 만나면 니네 둘 다 가만 안 둔다. 그리고 그 새끼 가진 거 좆도없어. 내 차가 더 좋고 내 집이 더 비싸! 잘 생각해라 김마라."

이게 아닌데 또 된통 싸웠다. 하, 내가 진짜 시간만 있으면 저년이랑 결혼 따위 생각 안 하는데 시간이 없다. 시간이. 우선 재산을 지키는 게 최우선이니깐. 꾹 참고 어르고 달래봐야겠다. 좋아하던 브랜드가 시빌이였지 아마? 후, 이건 투자다. 투자. 내일 백화점에 가서 제일 싼 가방 하나 사 와야겠다.

나는 백화점에 들러 시빌에서 제일 싼 가방을 하나 사서 마라를 찾아갔다. 그녀는 어젯밤까지 술을 먹은 듯 얼굴이 부어있었지만 얼굴은 개의치 않았다. 그저 내 재산을 지키기 위한 구명줄일 뿐. 그녀에게 가방을 깜짝선물 하면서 놀라면서도 싫지만은 않은 그녀의 표정을 확인했다. 그녀에게 "사랑한다. 마라야"라며 그녀를 달랜 후 프러포즈 때는 어떤 반지를 받고 싶은지 얘기를 나누면서 마음을 내 쪽으로 확실히 돌렸다. 그녀와 나는 동갑이기 때문에 그녀도 미혼인 상태로 내년 생일을 맞이하면 무일푼이 되지만, 45세 이상의 미혼 성비가 여성보다 남성이 비정상적으로 많았기 때문에 그녀의 콧대가 높을 수밖에 없었다. 가방에 반지에 내 계획에는 없었던 빌어먹을 차까지 약속하고 결혼을 승낙받았다. 후…. 결혼만 해봐라. 이기적인 년.

·
·
·

김마라에게 가방과 반지를 안겨주어 겨우겨우 45세의 생일을 하루 앞두고 혼인 시 필요한 내셔널 스탠다드 메리지 '표준' 검사를 받으러 왔다. 검사에 통과하자마자 바로 혼인신고부터 하기로 했다. '표준' 검사는 아이돌 가수들이나 콘서트를 할법한 공연장, 경기장에서 진행이 됐는데 콘서트와 마찬가지로 표까지 팔았다. 미혼

남녀의 목숨을 건 사투는 일반인들에게 싸게 살 수 있는 강력한 도파민이었다. 콜로세움의 젊고 팔팔한 로마 노예 검투사의 싸움이 21세기 월드컵경기장에서 50 가까이 된 미혼 노장들의 생존 시험으로 변한 것이다. 국가가 우리의 나이를 배려하여 응원이나 열심히 해주기 위해 저 많은 관람객을 모으는 것은 아닐 터였다. 이유야 많겠지만, 중년에 미혼이면 평생 박제될 흔적과 수치심을 안겨주겠다고 본보기로 보여주려는 것이 확실하다.

"반갑습니다! 여러분들! 국가는 표준의 결혼을 권장합니다. 제200회 내셔널 스탠다드 메리지의 표준검사 줄여서 널.다.리의 진행을 맡게 된 MC 견우와 직녀입니다. 오늘은 널다리의 200회 기념인 만큼 특별히 잠실올림픽주경기장에서 진행하게 됐는데요. 앞으로 신혼을 앞둔 커플들을 응원하고자 7만 명의 관객분들이 오셨습니다!"
"우와! 7만 명이요? 오늘 신청하신 커플들은 정말 뜻깊은 '표준' 검사가 되겠네요! 이렇게 많은 국민들의 응원과 환호 속에서 통과한다면 평생 잊지 못할 추억이 되겠어요. 너무 부러워요!"
"네, 직녀님. 이번 회는 티켓오픈 5분 만에 매진이 돼서 암표 거래까지 이루어졌다고 하네요. 참, 불법을 저지르는 사람들은 어디든지 있는데요. 저번 회 기수였던 199기에서도 한 커플이 널다리의 표준을 통과하지 못한 채 불법으로 아이를 낳다가 적발됐다면서요?"
"맞아요! 견우님 그런 사람들은 정말 집이고 차고 싹 다 몰수해서 가만두면 안 돼요."
"우리 직녀님 화 푸시고요. 이번에는 그런 불상사가 없기를 바랍니다. 자, 그럼 진행을 해볼까요? 널다리 제200회 표준검사 참가자들을 소개합니다! 나와주세요!"
경기장에 모인 관객들은 비명인지 환호인지 모를 소리를 질러대기에 바빴다. 그들 머릿속에는 오늘은 또 어떤 커플들이 나와서 나를 즐겁게 해줄까? 어떤 커플이 탈락할까? 와 같은 생각뿐, 어떤 누구도 참가자들을 진심으로 응원하는 사람은 없었다. 관람객들의 눈에는 이미 참가자들은 서커스장의 삐에로로 보일 뿐이었다.

"자, 차례대로 자기소개 부탁드려요."
"안녕하십니까. 사산시에서 온 양버터 입니다."
"안,안녕하세요. 대,대무시에서 온 올해 44살 김,김잼이요."
"안녕하세요. 경망시에서 온 올해 43살 박후추 입니

다."

계속해서 자기소개가 이어졌고 여성 참가자들까지 소개를 마쳤다.

"그럼 직녀님 제1 표준검사는 체력인데 올해는 어떤 방식으로 검사를 하나요?"

"네, 올해 제1 표준 체력 검사는 작년과 마찬가지로 스쿼트로 진행이 되겠습니다. 남성의 경우 자기 몸무게와 같은 무게로 바벨 스쿼트 12회 성공이 검사 통과 기준이며, 여성의 경우는 자기 몸무게에서 20킬로를 뺀 무게로 바벨 스쿼트 12회 성공 시 검사 통과가 됩니다. 횟수는 엉덩이로 센서 감지기를 터치하여야 측정이 됩니다."

관객석에는 우레와 같은 함성과 탄성이 들려왔다. 이와 같은 반응이 나온 이유는 스쿼트의 불합격률이 다른 체력 검사에 비해 높기 때문이다. 수개월 이상의 꾸준한 스쿼트 연습 없이는 40대 중반이 자기 몸무게만큼의 쇳덩어리를 목 위에 얹고 앉았다 일어났다를 12회 성공하는 것은 쉬운 일이 아니었다.

"아…! 올해도 스쿼트군요. 올해는 많은 분들이 통과하셨으면 좋겠는데요. 작년에는 응시자 절반 이상이 스쿼트에서 떨어지는 불상사가 있었죠?"

"네, 그래서 이번에는 미리 한 달 전에 고지했다고 하네요."

"오! 그렇다면 얘기가 다르겠네요. 작년과 다를 거라 기대하며 첫 번째 검사자를 모십니다! 김!잼!"

김잼은 이곳에서 처음 보는 양버터, 박후추와 긴장을 풀고자 한창 수다를 떨고 있었다. 자신이 왜 노총각으로 남았는지 구구절절 설명하기에 바빴고 이에 질세라 양버터와 박후추도 그럴듯한 변명만 얘기할 뿐이었다. 누군가 이들을 본다면 사회에서 많이, 아주 많이 성공한 사람들로 생각할 것이 틀림없었다. 김잼은 양버터의 살짝 튀어나온 입에서 나오는 침과 섞인 말들을 멈추고 싶었다. 지금은 그들의 말을 듣는 것보다는 자기 얘기를 쏟아내면서 긴장을 풀고 싶었기 때문이다. 모터 달린 듯 끊임없이 움직이는 양버터의 입에 자신도 모르게 손바닥이 날아가려는 찰나 그의 이름이 호명되었다. 퍼뜩 놀란 김잼은 바지가 내려가지 않게 부랴부랴 허리 끈의 매듭을 확인 후 뛰어나갔다.

7만여 명의 고함을 들으며 스포트라이트가 비추는 단상을 올라가는 그의 다리는 달달 떨리고 있었다. 일생에서 초등학교 시절 딱 한 번 친구들이 시켜준 골목대장 때 과일 상자 위에 올라갔던 게 다인 그에게는 너무나 가혹했다. '오 신이시여. 제가 뭘 그리 잘 못했나이까!'를 외치며 죄지은 사람처럼 한껏 움츠러든 채 '스쿼트 렉'이라는 단두대에 서버렸다. 사회자의 지시에 단두대에 들어가기 위해 목을 한껏 빼듯 모가지를 길게 빼서 바벨 봉을 그 위에 올렸다. 사회자의 카운트다운이 끝남과 동시에 봉 무게를 포함 80킬로가 되는 묵직한 쇳덩어리의 차가움을 느끼며 '난 들 수 있다. 들 수 있다' 주문을 속으로 되뇌었다.

"아! 김잼 선수 단상에 올라가기 전까지는 걱정되었는데요. 안정적으로 8회를 진행하고 있습니다! 제1 표준 체력 검사 통과가 눈앞에 왔습니다! 말씀드리는 순간 김잼 선수가 통과하였습니다!!"

관객들은 도파민에 절여진 큰 목소리로 그의 이름을 외쳤다. "김잼! 김잼! 김잼! 김잼!"

김잼은 자신을 부르는 구호에 영화 록키의 한 장면처럼 양쪽 팔을 들어 올려 통과를 만끽하였다.

소심하면서도 관심에 목말라 있던 그에게는 눈물이 날 만큼 특별한 경험이었다. 널다리 프로젝트가 처음 시행됐을 때 평생 결혼을 못 할지도 모르는 자신의 신세를 어렴풋이 예상하던 김잼은 누구보다 열심히 국회 앞에서 진행된 프로젝트 반대 집회에 참여했었다. 그가 그러는 동안 아들이 장가를 못 가 사회에서 매장당할 것을 걱정했던 김잼의 어머니가 베트남에서 그와 동갑인

아내를 구해오며 그는 집회에 가지 않게 되었다. 그를 열혈 투사쯤으로 생각하며 집회에서 함께한 사람들은 그에게 무슨 변고가 생겼을까 걱정되어 하루가 멀다고 연락하였고, 김잼은 그들의 연락처를 살포시 차단 후 베트남 신부와 혼인을 위해 함께 널다리 표준 심사에 나오게 된 것이다.

김잼에 이어서 박후추와 양버터를 포함해 남자 참가자들은 기적같이 제1 표준 체력 검사를 통과하였고, 바로 이어서 여성들의 검사가 이어졌는데 안타까운 일도 벌어졌다.
"아, 이번 여성 참가자 불안, 불안하네요. 직녀 씨, 스쿼트가 저런 동작으로 해도 되는 걸까요?"
"견우 씨, 제가 보기에는 저 여성 참가자는 힙힌지 등 스쿼트에 대해 배우지 않은 상태로 온 것 같네요. 저렇게 상체를 말고 다리를 오므려서 앉았다 일어났다를 반복하면 12회는커녕 6회도 어려울 것으로 보이네요. 아! 말하자마자 여자 참가자의 다리가 휘청 휘청입니다. 금방이라도 바벨을 놓칠 거 같은데요!"
그때 관객석에서 응원 함성이 터져 나왔다.
"괜찮아! 괜찮아! 괜찮아! 괜찮아!"하지만 안타깝게도 여성 참가자의 목 위에서 바벨 봉이 미끄러지며 참가자의 뒤로 떨어져 통통 튀며 굴러가고 있었다. 여자는 무릎을 꿇은 채 대성통곡을 하며 눈물을 흘렸다.
"엄므마마!!!끄윽.으으응마!!"
그 순간, 관객석에 있는 사람들은 물세례라도 맞은 듯 침묵했다. 하지만 그들의 눈과 입은 크리스마스 가렌더를 연상케 했다. 소리는 사라졌지만 표정으로 웃는 그들의 모습은 사뭇 기괴했다.
"아! 안타깝네요. 정말 안타깝습니다! 검사를 통과하시지는 못하셨지만 고생하셨습니다. 이제 단상에서 나와 주시면 됩니다. 자, 그럼 10분간 휴식 시간을 가진 후 제2 표준검사인 인성 검사를 시작하도록 하겠습니다. 그럼 잠깐 광고 보고 오도록 하겠습니다."
광고에는 40세에서 45세까지의 결혼 알선을 전문적으로 하는 업체들이 줄지어 광고되었다. 그 나이대들을 위한 모든 것들은 프리미엄이 붙는데 절박한 그들을 이용한 상술이었다. 집이고 차고 다 뺏기게 생겼는데 돈을 안 쓸 이유가 없었다. 그렇게 광고가 끝나 제2 표준 인성 검사가 시작되었고, 이번에도 남성 참가자들이 먼저 시작하게 되었다.

"제2 표준 인성 검사를 시작하겠습니다! 이번부터 인성 검사는 남성과 여성 참가자의 검사 내용이 다른데요. 남성 참가자들의 경우 몇 년 전에 진행했던 운전시뮬레이션 검사를 재채택하였습니다. 말도 많고 탈도 많았지만 이번에 시뮬레이션을 보완하여 더 높은 확률로 선별이 가능하다고 하니 한번 보시죠! 참가자 박후추! 나와주세요."

박후추는 운전과 주차에는 자신 있었다. 다만, 지구력이 약해 장거리 운전에 취약하고, 고속도로 1차선에서 정속주행, 화물차 등의 운전을 보면 짜증이 솟구쳤다. 분명 그는 선하고 착한 사람이지만 장시간 운전을 할 때면 쌍욕을 하다 목이 쉬어버릴 때가 종종 있었다. 그런 그에게 운전 시뮬레이션 시험은 쉽지 않은 것이었지만, 시뮬레이션을 게임과 비슷한 거로 생각해 은근히 검사를 무시하고 있었다. '가짜가 아무리 진짜 같아 봐야 가짜 아닌가. 내가 욕하나 보자.'

"네, 참가자 박후추님은 단상에 꾸며진 차에 올라타 VR 기계를 써주시고 핸들을 잡아주세요."

박후추가 핸들을 잡음과 동시에 무대 뒤쪽, 위쪽 등 곳곳에 설치된 화면에서 참가자의 운전 영상이 송출되었다. 운전검사는 20분간의 운전이었고 박후추의 운전은 안정적이었다. 거기다 운 좋게 걸린 코스도 시골길이라 한적하기 그지없어 마치 드라이브를 하는 듯했다. 저주받은 포크레인이 나타나기 전까지는 말이다.

시골 도로는 편도 1차선의 도로라 기차처럼 꼬리에 꼬리를 물고 가는 경우가 대부분이다. 물론 그것도 어느 정도 이해가 가는 수준의 속력이라면 감내할 수 있겠지만, 시뮬레이션에 나온 포크레인은 그런 상식 수준을 벗어났다. 맨 앞 포크레인으로 인해 그 뒤로 차량 다섯 대가 줄지어 가고 있었다. 줄의 맨 끝에 있던 박후추는 반대편에서 오는 차들로 인해 앞 차들을 제치지도 못하고, 포크레인의 20킬로의 속력에 맞춰 거북이처럼 가면서 안절부절못했다. 포크레인은 분명 옆길로 빠져줄 수도 있었고, 속력을 더 낮춰서 뒷 차가 앞지르기 좋게 해줄 수도 있었다. 하지만 이번 보완된 시뮬레이션에서는 절대 옆길로 빠져주지 않고, 앞지르기라도 할라치면 속력을 더 내는 등 고도의 기술을 보여줬다. 박후추의 손은 클락션을 울리고 싶은 마음을 참느라 땀으로 흥건히 젖어버렸고, 화병이 날 것만 같았다.

"아! 시골길 코스에서 가끔 나오는 악덕 포크레인이 나왔네요. 박후추 참가자 제칠 생각 하지 말고 차분히 버티세요. 앞으로 3분만 버티면 됩니다! 단 3분이면 통과입니다."

사회자는 버티면 된다고 했지만 그의 손과 입은 벌써 이미 한계를 넘어섰다. 이 저주받은 포크레인 때문에

10분을 넘게 참고 있었으니 말이다. 그때였다. 박후추는 뒷골이 당기는 느낌과 동시에 숨이 쉬어지지 않았다. 과호흡이 오고 있었다. 그는 우선 살아야겠다는 마음에 클락션을 누르고 창문으로 얼굴을 내밀어 "야 이 개쌔끼야!!!!"라고 외침과 동시에 참았던 숨을 터트렸다. "헉, 헉, 헉…."

그는 어안이 벙벙하게도 욕을 한 자신이 무슨 짓을 한 것인지 인지하지 못했다. 몇 초 후 자신의 인생이 단 17분 만에 끝장이 났음을 알고 클락션을 두 주먹으로 내리치며 울부짖었다.

박후추가 탈락과 동시에 흥분하는 동안 역시나 관객석은 쥐 죽은 듯 조용했지만, 그들의 동공은 커져 있었고 입은 한가득 미소를 짓고 있었다. 그들이 원하던 그림이 나왔기 때문이다. 이것을 보려고 그 비싼 돈을 주고 40대 중반의 미혼남녀를 보러 온 것 아니겠는가? 보잘것없는 자신들의 삶에서 단 몇 푼으로 느낄 수 있는 값싼 우월감이었다.

"아! 참가자가 거기서 참지 못하고 클락션과 함께 욕을 퍼부어버렸네요. 직녀님은 어떻게 보셨나요?"

"안타깝죠. 너무나 안타깝지만, 한편으로 이해가 됩니다."

"어떤 게요?"

"참가자가 마흔네 살이 넘도록 결혼을 못 한 이유가 말이에요. 저는 참가자가 클락션을 울리고 욕하는 장면에서 너무 깜짝 놀랐어요! 저거 하나 못 참다니요! 하나를 보면 열을 안다고 아마 다른 곳에서도 툭하면 화내고 욕할 거예요. 여러분들도 놀라셨죠?!"
관객석에서는 "네!!!"라는 대답이 리액션을 짠 것처럼 크게 터져 나왔다.
"그, 그런가요? 저는…. 참가자의 마음도 이해가…. 죄송합니다. 잡설이 너무 길었습니다. 흠흠, 안타깝게도 3분만 더 참았다면 통과할 수 있었을 텐데요. 아쉽지만 박후추와 그 파트너분은 자동 탈락입니다. 고생하셨습니다. 자, 그럼 다음 참가자를 모시겠습니다!"
박후추 이후의 남성 참가자들은 다행히도 겨우겨우 한계 끝쯤에서 통과할 수 있었고, 이어서 여성 참가자들의 차례가 돌아왔다.

"이번 여성들의 제2 표준 인성 검사는 여러 환경으로 꾸며진 세트장에서 행동을 지켜보는 것으로 진행됩니다."
"우와! 이번에 처음 도입되는 건가요? 어떤 상황인지 너무나 기대되는데요. 우리 참가자들은 나이를 드실 만큼 드셔서 충분히 해낼 것으로 보이네요!"

"후후, 저도 직녀님과 같은 생각입니다. 그럼 바로 시작하겠습니다. 여성 참가자 루!미! 입장해 주세요! 네, 루미 참가자 호명과 동시에 입장을 하고 있습니다. 그와 동시에 세트장도 들어오고 있습니다. 아! 지하철이네요. 저는 대충 예상이 가는데요. 직녀 씨는 뭔지 아시겠나요?"

"음…. 노약자 양보? 노약자석에 앉지 않기? 아! 임산부석 비우기!"

"그렇죠! 임산부야말로 이 시대의 가장 중요한 인적자원 아니겠습니까? 자, 그럼 한번 지켜보도록 하겠습니다."

루미는 들어온 세트장을 확인했지만 긴장한 마음으로 인하여 어떤 의도인지 정확히 파악하고 있지 못했다. 그녀는 마음의 평정을 찾고자 관객석 앞을 바라보았지만 수많은 희번덕한 눈동자에 구역질이 올라왔다. 본의 아니게 갑자기 지하철에서 주취자 연기를 시작한 그녀는 관객들에게 티켓값 이상의 도파민을 선사했다. 그때였다. 관객석에서 그녀를 향한 외침이 들려왔다. "토해라! 토해라! 토해라!" 그녀는 속으로 생각했다 '미친놈들, 또라이놈들' 속으로 욕을 실컷 하니 울렁거리던 속이 안정되었고, 정신을 차린 이성은 자신이 무엇을 해야 할지를 그녀에게 귀띔하였다. 그녀는 지하철의 의도를 파악하여 연기자들로 가득한 지하철에서도 절대 임산부석에 앉지 않았고 20분이 흘러 통과하였다.
"아! 결국 통과했네요. 처음에는 괴상한 행동으로 관객들에게 의도치 않은 팬서비스를 선사하던 참가자가 금세 정신을 차리고 의도를 파악하여 통과하였습니다. 그럼 다음 참가자 입장하세요!"

참가자로서 들어오던 마라의 왼팔에는 짐이 꽤 들어있는 숄더백이 걸려있었다. 그녀의 입장과 동시에 세트장이 들어왔다. 세트장인 버스 내부는 일반 버스의 내부와 똑같이 생겼고, 앉는 자리가 한 자리인 앞좌석은 연기자들이 모두 앉아 있었다. 버스 뒤쪽을 보니 이어져 있는 두 칸짜리 좌석이 하나 남아있었고, 마라는 그것을 보고 부리나케 달려가 자신은 바깥쪽 의자에 엉덩이를 깔고 앉고, 숄더백은 안쪽 의자에 올려두었다. 10분 뒤 한 연기자가 들어와 좌석을 찾았다. 10분이라는 시간 동안 긴장이 풀리고 상황이 익숙해진 마라는 평소의 행동이 나와버렸다. 그녀에게 양보란 있을 수 없는 법. 내 가방의 자리도 한 사람의 자리와 똑같다는 생각. 그 생각이 그녀의 파멸을 코 앞까지 끌고 왔다. 그녀의 앞에 연기자가 5분간 서 있었고 그녀는 당연하게도 가방을 치워 자리를 양보하지 않았다. 1분가량이 더 지난 후 참가자가 탈락하였다는 버스 안내방송이 흘러나왔다. 놀란 그녀는 눈을 휘둥그레 떴지만 그녀가 할 수 있는 일은 없었다. 눈물이 고인 채 체념하며 단상에서 내려오던 그녀를 향해 달려오는 이가 있었으니, 그것은 양버터였다.
"이런 미친년아!!!!!!!!!!!"
그의 공소장에 쓰일 폭행은 이랬다. 피해자 김마라에게 달려간 가해자 양버터는 오른 주먹에 온 힘을 담아 피해자 얼굴을 1회 가격하였다. 그로 인해 쓰러진 피해자의 몸통을 가해자는 다리를 사용하여 사정없이 수차례 짓밟았다. 또한 얼마 전까지 피해자에게 "사랑해"라고 말했던 가해자의 입은 더러운 욕으로 점철되어 있었다.
"야 이 쌍년아!! 너 때문에 내 인생이 망가졌어!!! 헉. 헉. 너 때문에!!! 나는 끝났어! 너 때문에!!!
마라의 얼굴은 이미 피가 터지고 그녀는 정신을 잃은 듯 보였지만, 양버터의 폭행은 멈추지 않았다. 양버터의 폭력이 지속되는 동안 관람객들의 표정은 점점 기괴해져 곧 찢어질 만큼 입과 눈가가 웃고 있었다. 경기장에 모든 소리가 사라졌다고 느낄 만큼 조용히 지켜보던 그들은 누가 먼저랄 것도 없이 외쳤다.
"유레카! 유레카! 유레카!"
양버터의 돌발행동과 폭력을 관람객들에게 충분히 음

미시켰다고 생각한 견우와 직녀는 한 두세 발늦게 경찰을 불러 그의 행동을 저지했다.

"아! 참 비극적이고 무서운 순간이었습니다. 여성 참가자는 괜찮은 걸까요? 남성 참가자의 돌발행동으로 인해 잠시 소란스러웠던 점 양해 부탁드립니다."
"견우 씨, 그래도 이것이 내셔널 스탠다드 메리지 표준 검사의 순기능 아닐까요? 검사를 통해 저런 폭력적이고 비인간적인 사람들을 걸러낼 수 있는 거니깐요. 그렇죠?"
"네, 직녀 씨의 말이 맞습니다. 국가는 언제나 표준의 결혼을 권장합니다. 자, 그럼 10분간 쉬다가 다시 돌아오겠습니다."
이번에는 전광판에 광고 대신 뉴스 속보가 나오고 있었다. 내셔널 스탠다드 메리지 프로젝트의 나이 상한선을 만 44세까지 낮추는 개정안이 다시 국회 통과를 앞두고 있다는 내용이었다. 국가의 강제 결혼이라는 올가미는 점점 온 국민의 목을 옥죄어 오고 있었다.
"이제 마지막 제3 표준 재력 검사만 남았습니다. 벌써 끝나가니 다들 아쉽죠?!"
"네!!!" 관객석에서는 이제껏 그 어떤 목소리보다 큰 목소리가 울려 퍼졌다.

"견우 씨, 이번 제3 표준 재력 검사는 무엇이 준비되어 있나요?"

"네, 이번 200회 기념으로 특별 제작한 모의투자로 진행하도록 하겠습니다. 현재 남은 참가자들 수에 맞춰 무대에 설치된 컴퓨터 앞에 앉아 진행할 거고요. 커플끼리 한 팀으로 진행이 되며, 모의투자 지갑으로 각 커플당 1,000달러씩 지급이 됩니다. 한 시간 동안 1천 달러 그대로 가지고만 있으셔도 통과로 간주합니다. 다만, 30분 동안 시스템상 아무런 투자도 일어나지 않으면 100달러가 차감되는 점 유의하셔서 진행하셔야 합니다."

"참, 이번에도 흥미로운 검사네요! 그럼 참가자들 전원 다 나와 주세요!"

다행히 김잼은 이번에도 운 좋게 통과하였다. 그는 그저 끌리고 비싸 보이는 이름의 주식을 사서 투자를 하였고, 원금의 세배나 되는 수익을 실현하며 1등으로 제3 표준 재력 검사를 통과하였다.

·
·
·

10년 후.

내셔널 스탠다드 메리지 프로젝트의 연령은 35세까지 낮아졌다. 고령의 미혼 인구들은 젊은 나이에 기혼이 된 성공한 사람들의 집에서 빨래와 식사를 차리며 주거를 해결하였고, 자처하여 그들의 운전기사까지 되었다. 그마저도 능력이 되는 편에 속했다. 능력이 없는 고령의 미혼 인구들은 어떻게 됐냐고?

•

쥐들이나 살법한 어느 이름 모를 어둡고 축축한 곳에서 옷이라고 부르는 게 맞는지 모를 누더기를 입은 백발의 남자가 장발의 여자에게 손을 싹싹 빌며 고개를 조아리고 있었다. 여자 노인의 옷 역시 누더기이긴 마찬가지였지만, 허리가 꼿꼿하고 아직은 정정해 보였다.
"마라야, 내가 잘못했다 잘못했어. 하루에도 몇 번씩 패면 내가 어떻게 살겠니. 간 떼간 게 얼마나 됐다고, 뭘 더 떼서 팔라는 거야. 내가 잘못했다 잘못했어. 한 번만…. 윽…. 악!"
"뭐라고 시부리냐 이 개같은 버터야! 튓! 이새끼야 너 빵 한 조각이라도 주는 게 누구야? 너 잘 때 네 간땡이 좀 떼간 게 뭐? 그걸로 지금 네가 먹고 사는 거 아냐 이 새끼야! 콩팥은 두 갠데 하나 땐다고 안 뒤져! 안 뒤져!"

여자로 보이는 노인이 알아들을 수 없는 말을 내뱉으며 절하는 자세로 엎드려 있는 노인의 등에 사정없이 발길질했다.

•

"아빠! 너무 신나요! 2000회 특집 내셔널 스탠다드 메리지 '표준' 검사를 구경하러 가다니 무지무지 꿈만 같아요! 학교 친구들이 엄청 부럽다고 난리 났었거든요? 막 애들이 엎어지고 욕하는 사람들 직캠으로 찍어오라고 난리도 아니라서 겨우 진정시켰다니깐요? 검사장 가서 영상통화로 보여달라는 애들이 수두룩해요. 히히. 이게 다 우리 아빠 덕분이에요! 우리 아빠 최고!"

"밤잼이 이렇게 좋아할 줄 알았으면 진작에 데려올걸 그랬네. 후후, 아빠도 이곳에 추억이 있단다. 아빠가 200회 특집에서 활약한 거 알지? 너튜브로 봤지?"

"네! 아빠 진짜 엄청 멋있었어요. 스쿼트 성공하시고 손 올리시는 거 영화배우 같던데요? 친구들도 아빠 멋있다고 난리였다니까요!"

"후후, 그리고 마지막 제3 표준 재력 검사에서는 1등도 했었단다. 그때 아빠는 너무 설레서 이틀 꼬박 잠을 설쳤어. 아직도 그때만 생각하면 관객들의 함성, 응원 소리, 따뜻한 미소가 눈에 아른거린단다. 우리나라 사람들은 참 따뜻하고 좋은 사람들이야. 처음 본 사람을 어떻게 그렇게 응원할 수 있는 거지? 그래서 결국 저출산을 제일 빨리 극복한 나라가 된 거 아닐까? 우리 아들도 꼭 그런 멋진 시민이 되렴."
"네! 아빠, 저도 오늘 가서 엄청 신나게 응원할게요! 목청 터지라 응원할 거예요!!"

후기

네, 재밌어질 때쯤 끝나버리는 다섯 개의 이야기를 담은 양버터와 루미칠리의 단편선은 이렇게 막을 내렸습니다. 어떻게 독자님들의 눈에는 맞으셨는지 모르겠습니다. 조금 부족하다고 느끼셨더라도 더더더 재밌고 완성도 있는 이야기들로 돌아올 테니 너그러이 양해해 주시길 바랍니다.

여분의 페이지에 이야기들에 대한 이야기를 해볼까 합니다.
흔한 살인이라는 제목은 뉴스만 봐도 더 믿기지 않는 사건·사고가 많은 요즘 이 정도면 흔하다고 말할 수 있을 거 같아 짓게 되었습니다. 진부하고 흔한 내용도 순서를 조금 신선하게 전개함으로써 재미를 찾아봤습니다. 흔한 살인의 초고를 지인들 세 명에게 보여줬는데, 제대로 순서를 맞춘 사람과 이해한 사람이 없었는데 우리 독자님들은 제대로 찾으셨을까요?! 혹시 내용이 조금 복잡하셨다면 제가 내공이 부족했던 것이니깐 절대 신경 쓰지 마세요!
자, 봄의 소원은요. 사실 이글은 비밀입니다만 소곤소곤(지구 온난화로 인해 짧아지는 봄이 알고 보면 자발

적인 선택으로 자신의 자리를 겨울에 내주는 것은 아닐까 하는 의문에서 시작되었습니다.)네, 이랬습니다. 계절이 머무르는 시간은 계절들이 정하는 걸지도 모른다는 생각에서요. 그리고 봄의소원 결말은 독자님들이 결정해 주세요. 뭐든지 독자님들이 마음대로 가져다 붙이시면 그게 더 영광입니다!

흠흠, 다섯용사는요. TV에서 그 이야기를 자세히 다루는 프로그램을 본 적이 있습니다. 보면서 많이 울컥해서 제가 조금 할 줄 아는 글쓰기로나마 우리 아이들의 이야기를 해피엔딩으로 만들어주고 싶은 마음에 쓰게 됐습니다. 아이들이 외롭지 않았으면 하네요. 정말로요.

벌써 네 번째인 그리움X2까지 와버렸군요. 이번 이야기는 제가 좋아하던 1900년대 후반, 2000년대 초반의 영화들 감성으로 써보고 싶었습니다. 제 방식대로 한번 재밌게 버무려봤는데 어떻게 맛이 났는지 모르겠네요. 후후후.

드디어 대망의 마지막 작품 내셔널 스탠다드 메리지까지 와버렸군요. 출근하는 길에 전날 본 연애 관련 프로그램이 생각나서 여러 설정을 가미해 결혼 아포칼립스 세계관을 만들어봤습니다. 정말 쓰면서도 재밌었는데요. 개인적으로 오징어 게임 말고 요런 게임을 만들어보면…. 네 그냥 제 꿈입니다. 꿈은 꾸라고 있는 법이니깐요. 하하하. 제 나름대로 블랙코미디를 쓴다고 생각하며 열심히 티 나게 풍자하면서 썼습니다. 마음에 드셨다면 이번 여름에는 요런 이야기들로 더위를 싹 가시는 이야기를 담아볼까 합니다. 이것도 제 꿈입니다. 하하하.

이제 제 분량은 끝났으니 급하게 마무리 멘트 던지도록 하겠습니다. 귀한 발걸음 해주시어 글자와 그림으로 이루어진 저희의 서커스장을 빛내주셔서 감사합니다. 이 책에서 독자님들이 원하는 삐에로를 찾으셨길 바라며 이만 마치겠습니다!

•

안녕하세요. 버터에 감초를 더하는 칠리입니다. 글에 대한 여운을 짙게 남기고자 어울리는 색을 담았어요. 제가 덧붙이는 설명이 정답이 아닙니다. 다만 예기치 못한 저의 등장을 기뻐하시리라 생각하며….

1. 흔한 살인의 하늘은 그 무엇보다 날카로워야 한다는 마음으로 그렸습니다. 미루의 표정은 여러분의 상상에 맡기겠습니다.

2. 봄의 소원은 나무 몸통을 잘 봐주세요. 그게 바로 저만의 이스테에그입니다.
3. 다섯 용사는 우리 아이들이 크레파스 그림을 좋아하지 않을까 싶어 작은 선물을 주고자 하는 마음으로 그렸습니다.
4. 그리움은 서로가 바라보는 하늘을 상상해 주세요.
5. 마지막은 마치 서커스 공연이 떠오르는 이야기의 내용을 제 방식대로 그려봤습니다.

'봄의 소원'이 저희 소원처럼 세상에 머무를 수 있도록 도와주신 이음서가 대표님, 큰새 대표님, 책을 읽어주시는 독자님들께 감사 인사를 드립니다.

언제나 돈보다는 사랑과 낭만을 택하실 수 있는 여유가 여러분들에게 깃들기를.

- 양버터와 루미칠리 올림 -

봄의 소원
SPRING's WISH

초판 1쇄 **2025년 4월 1일**

글	**양버터** @yangbutter818
그림, 디자인	**루미칠리** @rumichili

발행인	옥수빈
펴낸곳	이음서가
주소	서울 동대문구 신이문로 13길 4
등록	제024-000058호
이메일	ieumseoga@naver.com
홈페이지	ieumseoga.com

ISBN 979-11-991733-0-9 (03810)

가격 12,000원

* 이 책 내용을 무단 복제하는 것은 저작권법에 의해 금지되어 있습니다.

* 이 책 내용의 전부 또는 일부를 재사용하려면 펴낸곳을 통해 저작자의 동의를 받아야 합니다.

* 파본이나 잘못된 책은 구입하신 곳에서 교환하여 드립니다.